未読 READ | 文艺家

［俄罗斯］契诃夫 著
丘光 译

·02·

俄罗斯文学
金色经典

带小狗的女士

ДАМА С СОБАЧКОЙ

А. П. ЧЕХОВ

贵州出版集团
贵州人民出版社

评价赞誉

契诃夫这位真正的诗人、艺术家……

——托尔斯泰

当我们阅读（契诃夫）这些什么也没有讲的小故事时，视野变得开阔，灵魂获得了惊人的自由感。

——弗吉尼亚·伍尔夫

（《带小狗的女士》）是有史以来最伟大的短篇小说之一。

——纳博科夫

今天，没有一个人的小说在最好的评论家心目中占着比契诃夫更高的位置。

——毛姆

目录

带小狗的女士[1]

一

听说，滨海道上来了个新面孔：带小狗的女士。德米特里·德米特里奇·古罗夫在雅尔塔已经待两个礼拜了，习惯了那里，也开始对新面孔感到好奇。他坐在维尔涅糕点铺旁的凉亭里，看到那位年轻女士沿着滨海道走过，是个身材不高，戴着贝雷帽的金发女人，一只白色博美狗跟在她身后跑。

之后他经常在市区花园和绿地上遇到她，一天好几次。她总是独自一人散步，戴着那顶贝雷帽，牵着那只白色博美狗。没人知道她的来历，于是大家便只这么称呼她：带小狗的女士。

“如果她在这里没丈夫也没熟人陪的话，”古罗夫动起脑筋，“那么跟她认识一下也无妨。”

他还不到四十岁，但已经有个十二岁的女儿，还有两个儿子

---

1 本篇原发表于一八九九年的《俄罗斯思想》杂志。（本书注释均为译者注）

也在念书了。他婚结得早，在他念大学二年级的时候，而现在他太太看起来好像比他老一倍有余。她是高个子的女人，有一双黑眉，个性很直，傲慢，爱摆架子，还有一点，她自称是个“会思考的女人”。她读很多书，写书信时刻意不写硬音符“ъ”[1]，不叫自己丈夫德米特里，而是“吉”米特里[2]。他私底下却认为她不太聪明、心胸狭窄、粗俗，他怕她，因而不喜欢待在家里。他很早就背叛她，经常搞外遇，或许因为如此，他总是近乎恶意地批评女人，每当有人在他面前提到女人，他都这么称呼她们：

“下等人！”

他自认已经受够了痛苦的教训，才有资格这样随心所欲地骂她们，然而他一旦连着两天少了“下等人”相陪的话，却又无法过活。与男性的社交，他觉得无趣，会心不在焉，无法聊什么，冷漠以待，可是一到女人堆中，他就会感到自在，知道该跟她们聊些什么，且举止合宜，甚至与她们沉默相对也觉得轻松惬意。

1　一九一八年的俄文改革时，正式废除了在词尾不发音的硬音符字母“ъ”（在词中仍留用）。本篇小说发表于一八九九年，因此可以推测文中男主角妻子有这样的书写习惯，不外乎几个可能：一是不想写，二是懒得写，三是显示自己思想前卫和与众不同。

2　“吉”米特里（“Ди”митрий）是旧时教会斯拉夫文中的名字拼写法，现代俄文中已改拼写为“德”米特里（“Д”митрий）。有时候，晚辈对老人家会用旧式说法。小说中这段描写显示出男主角妻子的矛盾个性，在不书写硬音符字母的习惯对照下，给人前后逻辑错乱的感觉。契诃夫通常不在小说中解释太多，而是放一些暗示给读者玩味。

在他的外表、个性以及他的所有天性里，有某种迷人的、不可捉摸的东西，招引着女人到他身边来，他了解这点，而也有某种力量驱使着他往女人靠去。

多少次的经验，而且确实是惨痛的经验早就教会他一件事，与规矩的女人交往，特别是那种犹豫不决又不果断的莫斯科人，一开始虽然会增添生活的情趣，看似一场甜蜜又轻松的际遇，但不可避免渐渐会衍生出一大堆极其复杂的事情，最终成了负担。然而每次只要又遇到他感兴趣的女人，之前的经验似乎便从记忆中溜走，他又活了过来，一切看来就是这么单纯而有趣。

这又是一次，傍晚他在花园用餐，那位戴贝雷帽的女士不慌不忙地走过来，往他的邻座坐下。她的表情、仪态、服装、发型，都在告诉他：她出自规矩人家，已婚，初次来雅尔塔，独自一人，在这里感到无聊……有些传闻故事里提到这地方的风气败坏，很多是不正确的，他鄙视这些说法，知道这类传闻大多是那些自己想犯龌龊却又不敢做的人捏造的；然而，当女士坐在离他三步远的邻座时，他又想起传闻里那些轻而易举地成功猎艳、登山共游的情节，于是，片刻欢合的一夜恋情、与不知姓名的陌生女人来个浪漫约会——种种诱人的念头立刻俘虏了他。

他殷勤地招呼博美狗到他身边，当它走近时，他却扬起手指威吓它。博美狗叫了起来，古罗夫又再威吓它。

女士瞧他一眼，立刻低下眼眸。

“它不会咬人的。”说完她脸就红了起来。

“可以给它骨头吗？”当她确定点了头，他亲切地问，“请问您到雅尔塔很久了吗？”

“五天了。”

“而我已经待在这儿第二个礼拜了。”

双方沉默了一会儿。

“时间过得很快，这里还真无聊！”她说着，眼睛却没看他。

“这里无聊，只是大家赶流行的说法吧。如果是住在内地小城像别廖夫或日兹德拉之类的居民，他便不会感到无聊，可是一来到这里就说‘啊，无聊！唉，灰尘！’人家还真会以为，这人是从格拉那达[1]来的呢。”

她笑了。然后两人继续默默地吃东西，像陌生人一样，午餐后他们一起离开——直到此刻嬉笑轻松的对话才开始，是无拘无束又满足的人们才会有的那种对话，无论要去哪里或聊什么都百无禁忌起来。他们散步，聊着说：海不知怎么莫名地发亮，海水是紫丁香的颜色，多么柔软温暖，月亮依着水面逸出了一道金色的光芒。还聊到：在炎热的白天过后真是让人窒闷。古罗夫说，

1 格拉那达（Granada），西班牙安达卢西亚自治区的旅游名胜。小说中这个词的俄文是“Гренада”，音译应为格林纳达，与位于加勒比海的岛国格林纳达（Grenada）拼写发音相同而常被混淆，因为旧时俄文中的格拉那达这个地名是从法文的“Grenade”而来。又因西班牙的格拉那达在俄国人的想象中是浪漫的象征（纳博科夫语），综合分析，文中此地指西班牙的格拉那达。

他是莫斯科人，在学校念的是语言学，却在银行工作；有段时间本打算要去私人歌剧院从事演唱，可是放弃了；他在莫斯科有两栋房子……而他从她那里得知，她在彼得堡长大，嫁到S城去，在那边已经住了两年，她在雅尔塔还要待一个月，之后，也想休假的丈夫有可能会过来。她怎么都无法清楚解释她的丈夫在哪里工作——在省政府还是省议会吧，她自己也觉得很可笑。古罗夫还问到了她的名字，她叫安娜·谢尔盖耶夫娜[1]。

之后，他在自己的旅馆房间里想她，想着明天或许还会与她相遇。应该会的。躺下睡觉时，他忽然想到，没几年前她还在贵族女子中学念着书，就像他现在的女儿一样；又想到，她在笑声中或者与陌生人的对谈里，仍是一股羞怯和生涩——应该可以说，这是她生命中头一遭独自处在这种环境，这里的男人跟着她，盯着她，跟她搭讪，心里只怀着一个秘而不宣的企图——她不可能猜不到。这时他想到她那纤细、柔弱的颈子，以及美丽的灰色眼眸。

“总之她身上有什么地方让人想要怜惜。”他想着想着便睡着了。

1　安娜·谢尔盖耶夫娜，为名与父名连称，此用法在平辈间表礼貌，或下对上时表尊敬。

二

认识后过了一星期。在一个节庆日，房间里很窒闷，街上又刮着风，扬起灰尘，掀翻帽子。一整天都想喝东西，古罗夫频频往凉亭跑，一会儿请安娜·谢尔盖耶夫娜喝点糖水，一会儿又来点冰淇淋。这种大热天真是无处可躲。

傍晚时分，风稍微静了下来，他们去防波堤，想看轮船进港。码头上有许多散步的人，有些聚集在一起，手拿着花束准备迎接人。举目望去尽是盛装的雅尔塔人，他们明显区分成两个特别的类型，打扮得像年轻女人的年长女士们，另外就是有许多将军。

轮船因为海上风浪的缘故迟到了，此时太阳已西沉，船驶进防波堤之前，还回转了好一阵子。安娜·谢尔盖耶夫娜手持长柄望远镜望着轮船，望着乘客，似乎在寻找熟识的面孔，一下子她又转向古罗夫，眼光闪烁着。她说了很多话，问话却前言不搭后语，她自己当下根本不记得问了些什么；随后，她在人群中弄丢了长柄望远镜。

盛装的人群四散，已经看不到什么人了，风完全静止，只剩下古罗夫与安娜·谢尔盖耶夫娜站在那里，等待着，看还会不会有人从轮船里出来。安娜·谢尔盖耶夫娜沉默不语，也不看古罗夫，只闻一闻花束。

“到了傍晚天气越来越好，”他说，“我们现在要去哪儿？不去哪里走走吗？”

她什么也没回答。

此刻他凝视着她，突然一把抱住她，亲吻她的双唇，一股花的香气和湿润袭向他，而他随即怯生生地四下张望：没被谁看到这一幕吧？

“我们到您那里去吧……”他轻声说。

两人快速离去。

她的旅馆房间里很闷，弥漫着香水，是她在日本商店买来的。古罗夫现在瞧着她，想着：“这辈子还有什么样的女人没遇过！”他过往记忆中的女人，有那种无忧无虑、心地善良的一类，她们因爱而欢愉，会为他所给予的哪怕是短暂的幸福而感激；还有另一种女人——例如他的妻子，她们的爱不真诚，过度唠叨，歇斯底里地做作，脸上的表情似乎说那不是爱情，不是激情，而是某种意义崇高的东西；他也想起两三个非常美丽却冷漠的女人，她们脸上会忽然闪过凶狠的表情，有一种顽固的企图心，想从生活中强取豪夺比她们所能付出的更多，这种女人都不太年轻，任性，无法理性沟通，不够聪明却又想掌控一切，一旦古罗夫对她们冷淡起来，她们的美丽便惹他嫌恶，连她们内衣上的蕾丝边对他来说仿佛也成了鱼鳞。

然而眼前这女人却仍有一种放不开、年少不更事的生涩、困窘的感觉，给人一种心慌意乱的印象，仿佛刚刚有人突然敲了房门似的。安娜·谢尔盖耶夫娜，这位“带小狗的女士”，对刚才在房间内所发生的事情，似乎是异常严肃地看待，看作是她自己的堕落——让人这么感觉，这很奇怪又不合时宜。她的面容消沉颓丧，脸庞周边哀愁地挂着长长的发丝，她以一种忧郁的姿势沉思着，活像是古老画像里面的罪人。

“这样不好，”她说，“您现在一定是第一个不尊重我的了。”

房间的桌上有一个西瓜。古罗夫给自己切一片，不慌不忙地吃着。这样陷入了沉默至少半个小时。

安娜·谢尔盖耶夫娜的内心还在激动着，她身上散发出一种端庄、天真、涉世未深的女人的纯洁气息。桌上燃着一支孤单的蜡烛，依稀映着她的脸庞，但看得出，她的心底不好受。

“我有什么理由不会再尊重你？”古罗夫问，“你根本搞不清楚自己在说什么。”

“求上帝原谅我！”她说完便眼泪盈眶，“这太可怕了。”

“你这么说好像在替自己辩白。”

“我哪能为自己辩白？我是个糟糕又下流的女人，我轻视我自己，辩不辩白我没去想。我欺骗的不是我丈夫，而是自己。而且不只是现在，我已经骗了好久好久。我的丈夫或许是个诚实的好人，但总归是个奴才！我不知道他在那里做什么，如何工作，只知道他是个奴才。我刚嫁给他的时候才二十岁，好奇心折磨着我，我想要点什么更好的，我对自己说，一定有另外一种生活。想要过真正的生活！生活，生活……好奇心煎熬着我……您不会了解这个的，但是，我向上帝发誓，我已经不能控制自己，我身上发生了某种变化，我无法自持了，我告诉丈夫我病了，才来到这里……在这里我到处晃荡，像中了邪，疯了似的……而这下子我成了任何人都看不起的下流卑贱女人。”

古罗夫已经听得很无趣，她那天真的语气，出人意料又不合宜的忏悔，让他很不舒服；如果不是她眼泪盈眶，可能会让人以为她是在开玩笑或是演戏吧。

“我不了解，”他轻声说，“你到底要的是什么？”

她把头埋进他的胸膛，拥抱着他。

“相信我，相信我，求求您……”她说，“我爱诚实洁净的生活，罪恶对我来说是龌龊的，我不知道自己做了什么。平常人家说:鬼迷心窍。现在这也可以套用到我身上,我就是鬼迷心窍了。”

“够了，够了……”他喃喃道。

他看着她那双僵住且受惊的眼眸，亲吻她，轻声蜜语，她稍微安慰些，脸上又露出了愉悦之情，最后两人笑了开来。

之后，当他们走出旅馆，滨海道上已经没有人迹，这个城市和街上的柏树甚至显得死寂，可是海水依旧喧扰，拍击着岸边，一艘小船随波摆荡，上头的灯火睡意蒙眬地闪烁。

他们找到了出租马车，往奥瑞安达[1]而去。

“我刚刚在旅馆前厅才知道你的姓氏：名牌上写着冯·吉捷利茨。”他说，“你丈夫是德国人吗？”

“不，他的祖父好像是德国人，但他自己是俄罗斯正教徒。”

在奥瑞安达，他们坐在离教堂不远的长凳上，望着下方的海面沉默不语。雅尔塔在清晨的雾中依稀可见，白云停滞在山顶上。枝头的树叶动也不动，蝉鸣四起，海水一成不变的低沉喧嚣从下方传来，诉说着宁静，诉说着等待着我们的永恒长眠。下方的喧嚣打从雅尔塔、奥瑞安达尚未出现前就已经如此了，现在这么喧嚣着，当我们消逝以后，未来也依旧会漠然地低沉喧嚣下去。在这般恒久绵亘，以及对我们每个人的生死完全漠然之中，或许隐含着，给予我们永恒的救赎以及世间生生不息并汲汲于完善的保证。古罗夫坐在这位年轻女人旁边，黎明时分她是那么美丽，他面对这片神奇的环境——海洋、山峦、云朵、辽阔的天空，内心显得平静又神往，一个念头想到：如果仔细思量，事实上，这世界一切都是美好的，只是当我们忘记生活的终极目标和人类自尊时的所思所为才破坏了美。

走过来一个不知道什么人——应该是警卫，向他们瞧一眼便离去。这个小细节也显得那么神秘而美好。已经看得到披着晨曦

1　奥瑞安达（Oreanda），位于雅尔塔六公里外的名胜。

的轮船从费奥多西亚[1]驶来，船上熄了灯火。

“草上结露珠了。”安娜·谢尔盖耶夫娜打破沉默。

“是啊，该回去了。”

他们返回市区。

此后，他们每天中午相会在滨海道，一起用早餐、午餐，散步，欣赏海景。她常抱怨睡得不好，心脏跳得紧张，老问同样一些问题，一会儿为忌妒而忧心，一会儿又怕他不够尊重她。在花园和绿地上，如果他们附近没什么人，他经常会突然拉近她热情地亲吻。一派的悠闲，这种光天化日下的亲吻，得四下张望担心怕人看见，加上炎热与海水的味道，以及不断闪过眼前的那些晃晃荡荡、衣食丰足的人，如此种种正是让他重获新生的原因。他对安娜·谢尔盖耶夫娜说，她多么美好，多么诱人，他情不自禁，无法离开她一步。而她常常沉思，总是问他，要他承认：他不够尊重她，他一点都不爱她，只是把她看作庸俗的女人。几乎每天晚上夜色一深，他们会驱车到城外某些地方，到奥瑞安达或瀑布那里，每次出游皆很尽兴，都留下美好灿烂的印象。

他们等待她的丈夫到来。但是来的只是一封他的信，里面说他的眼睛有病痛，求妻子赶快回家。于是安娜·谢尔盖耶夫娜慌张了起来。

1　费奥多西亚（Feodosia 或 Theodosia），位于克里米亚半岛东端的海港，度假胜地。

“我离开是对的，”她对古罗夫说，“这就是命运。”

她乘马车离去，他送她一程。他们走了一整天。当她转搭上火车快车坐定在了车厢，等第二次铃声响起时，她说：

“让我再看您一眼吧……再看一眼。这样就好。”

她没有哭，但是非常忧郁，像是病了，脸庞颤抖着。

“我会想您……会回忆这一切，”她说，“愿主保佑您，您留下吧。别记得我的坏处。我们永别了，一定得这样，因为本来就不该见面。好了，愿主保佑您。”

火车快速离去，车灯转瞬消逝，一分钟后便听不见嘈杂声，仿佛一切都刻意串通好，为了要尽快停止这个甜美的迷惘，这个疯狂的行径。古罗夫独自站在月台上，望着漆黑的远方，他听到螽斯的唧唧声、电报线路的嘟嘟响，有种感觉，好似美梦乍醒。他想着，在他生命中这又是一次冒险或奇遇，现在也都已经结束，徒留回忆……他感动，忧伤，觉得有些许遗憾，因为这位年轻的女人，他将永远不会再见到了，她跟他在一起不会幸福的，虽说他对待她殷勤又热情，但与她交往时，不管是声调或甜言蜜语中却又透着嘲笑的影子，露出一个岁数大了她将近一倍的幸福男人那种有点粗鲁的高傲态度。她总是说他善良、不平凡又高尚，显然，对她而言，他并没有现出自己的真面目，也就是说他不自主地欺瞒了她……

车站这里已经感到秋意，夜晚凉了。

“时候到了,我该回北方去,”古罗夫离开月台时心里想着,“是时候了!”

三

莫斯科的家里已经有过冬的模样，炉子里烧着火，早晨当孩子们准备上学、喝着热茶时，天色还昏暗，保姆就点一会儿灯火。寒流已来袭。每当初雪落下，每当初次乘雪橇出门，看到一片白色大地和白色屋顶真是心情愉快，连呼吸起来都绵软可口，这个时节让人回想起青春年代。老椴树和桦树披霜而白，露出和蔼的表情，这些树比起柏树和棕榈树要贴心得多，有它们在身边便不会去想山峦和海洋了。

古罗夫是莫斯科人，他在一个寒冷的晴天回到莫斯科，当他穿戴上毛皮大衣与暖和的手套到市中心的彼得罗夫卡街上游荡，当星期六晚上听到教堂的钟声，不久前的游历对他而言便失去了魅力。渐渐地，他投入到莫斯科生活，已经不厌其烦地一天读三份报纸，还说，原则上他是不读莫斯科报纸的人。他时时被邀去餐厅、俱乐部、筵席或纪念宴会，并已对名律师和演员常到他家做客这种虚荣感到满足，还会去医师俱乐部与教授玩纸牌。他已经可以吃下整份用小煎锅盛的杂菜炖肉酸辣汤……

他以为，大概再过一个月，安娜·谢尔盖耶夫娜在他的记忆里就会被灰蒙蒙的雾盖过，偶尔一些时候才会带着动人的微笑出现在他梦中，跟其他人没什么差别了。但是一个多月后，严冬来临，记忆却越来越清晰，仿佛昨天他才和安娜·谢尔盖耶夫娜分手。那些回忆越来越热烈地涌现了。深夜的静谧中，他分不清是不是有孩子们念书的声音传到他书房，还是有浪漫歌曲或餐厅里的风琴声，又或者是壁炉里呼啸而来的暴风怒吼，突然间，他回忆里的一切都复活了：在防波堤、在清晨带雾的山上经历的事，还有费奥多西亚驶来的轮船，以及无数的亲吻。他长时间在房间里走来走去，回想着，微笑着，然后这些回忆转成了幻想，在想象中昔日种种与未来混淆了——安娜·谢尔盖耶夫娜并不是在他梦中，而是如影随形地跟在他身后，坐在他身旁。才合上眼，他便看见她，她好像变得比从前更美丽、更年轻、更温柔，而他自己好像也比在雅尔塔那时更舒坦些。每个晚上，她仿佛从书柜、壁炉、角落中望着他，他听得见她的呼吸，以及她衣裳摆动时甜美的窸窣声响。在街上，他的视线总落在女人身上，找寻是否有与她相像的女人……

他强烈渴望着这段回忆能跟什么人来分享一番。可是在家里总是没办法说自己的这份爱，在外头——却也找不到人诉说。没法跟左邻右舍说，也没法在银行说。可是又要说什么呢？难道他那时候恋爱了？难道与安娜·谢尔盖耶夫娜的交往中有某种美好的、诗意的，还是有启蒙意义的东西，或仅仅只是一段有趣的关系？关于爱情和女人怎么也说不准，谁也猜不透是怎么一回事，或许只有他老婆会抖一抖黑眉毛说：

“你啊，吉米特里，根本不适合当花花公子。”

有一天夜里，他和一位政府官员同伴从医师俱乐部出来，他忍不住说：

“但愿您知道，我在雅尔塔认识了一个多么迷人的女人啊！”

那位官员坐上雪橇，临行前忽然回头大喊：

“德米特里·德米特里奇！”

“怎么？”

“您之前说得没错：那鲟鱼是有点怪味！”

这些话是如此平常，但却不知为何一下激怒了古罗夫，让他有种轻蔑、肮脏的感觉。真是野蛮人讲野蛮话！多么愚蠢的夜晚啊，真是无趣又无意义的日子！疯狂打牌，大吃大喝，酒醉，一成不变的谈话。不必要的事情和谈话反反复复占去生命中最好的时间和精力，最终只剩下某种肤浅平庸的生活，荒诞不经，想要离开逃跑都没办法，简直像是在疯人院或罪犯集中营似的！

古罗夫整夜不能眠，怒气不止，之后便头痛了一整天。在接下来几个夜晚，他睡得很差，或坐在床上想东想西，或在房内来回踱步。孩子他厌倦了，银行也厌倦了，他哪里都不想去，什么话也不想说。

十二月的节庆假日里他准备出门，他告诉老婆，要赶着去彼得堡帮一个年轻人处理事情——而他却是去了S城。为何？他自己也不清楚。他不由自主想去见安娜·谢尔盖耶夫娜，想跟她说说话，如果可能的话就约出来相会。

他早上到达S城，在旅馆里住进最好的房间，地板上满满铺着灰色的军用呢毯，桌上摆着一个蒙尘的灰色墨水罐，上面有个举手扬帽的骑士雕饰，骑士头却断了。门房提供给他安排这次约会的必要信息：冯·吉捷利茨住在老冈察尔纳亚街上的独栋私人宅邸——离旅馆不远，他生活过得好，有钱，有自己的马匹，城里头大家都认识他。门房都这么称呼他：德里德里茨[1]。

古罗夫不慌不忙走去老冈察尔纳亚街，找到那栋房子。房子面前正对着一片长长的灰色围栏，上面还有钉子。

“住在这种围栏里她一定会逃的。”古罗夫想，看了看窗户，又看看围栏。

他盘算着：今天是假日不太方便，她丈夫可能在家。要是不顾一切闯进去会显得无礼，搞得大家尴尬。如果送个便条去，可能会落到她丈夫手上，到时候一切就毁了。最好见机行事。他一直在围栏附近的街上徘徊，等待时机。他看到一个流浪汉走进大门，狗群立刻扑上攻击。之后，过了一小时，他听到传来微弱不

1 “德里德里茨”，应为“德米特里奇”，文中暗示偏远地方小城的旅馆服务生连简单的发音都不准，教育程度不佳。

清的钢琴声，应该是安娜·谢尔盖耶夫娜弹奏的。前门忽然打开，走出一位老太婆，她身后跑着那只他熟悉的白色博美狗。古罗夫想要叫那只狗，但心头猛然一缩，他紧张得忘记小狗叫什么名字了。

他走来走去，越来越痛恨那片灰色的围栏，已经气恼地想，安娜·谢尔盖耶夫娜忘记了他，更有可能，已经开始与别的男人玩乐，以她这年轻女人的立场来说是很自然的，尤其是她从早到晚都得面对这堵该死的围栏。他回到自己的旅馆房间，在沙发上坐了很久，不知道该怎么办，吃了午饭之后睡了好长一段时间。

“这一切多么愚蠢又令人不安。”他醒来后想，然后望着漆黑的窗户：已经晚上了，“我是怎么了，睡这么多。现在这样我夜里还要干吗呢？”

他坐在铺着廉价的，简直像病院那种灰色被子的床上，懊恼地自嘲：

“这就是你的带小狗的女士……这就是你的奇遇……让你枯坐在这儿。”

还在今早，他在车站瞄到了一张海报，粗体大字写着：轻歌剧《艺妓》[1]首演。他想起这件事，便起身去剧院。

“她非常可能会去看这出戏的首演。”他想。

1 喜歌剧《艺妓》（*Geisha*），英国作曲家西德尼·琼斯（Sidney Jones）的作品。

剧院客满。这里就像所有的省城剧院一样，吊灯上方飘着烟雾，最上层的座位喧闹不已；开演之前，第一排座位站着一些地方上的纨绔子弟，双手后背；在省长席位区，坐在首座的是围着毛皮围巾的省长女儿，省长本人则低调地藏身在披着的衣服下，只看得到他的手露出来；舞台帘幕摇晃着，乐队调音调了很久。依然还有观众陆续进场坐下，古罗夫的眼睛贪婪地搜寻着。

安娜·谢尔盖耶夫娜走进来了。她坐在第三排，当古罗夫望见她，心头一紧，他清楚了解，如今对他来说全世界没有一位比她更亲、更近、更重要的人了。她淹没在这荒僻小城的人群里，这位娇小的女人毫不起眼，手拿着庸俗的长柄望远镜，却在这当下占满了他的全部人生，成了他的忧伤喜乐，成了他现在唯一想要拥有的幸福。在糟透了的乐队声和烂透了的粗劣提琴声中，他想着她是多么的美好。他想着梦着。

与安娜·谢尔盖耶夫娜一起走进来并坐在旁边的年轻男子，留着小络腮胡，非常高，驼着背，他每走一步便摇头晃脑，似乎是不断地向各方点头致意。显然这是她的丈夫，就是她在雅尔塔那时候，心情不好一时激动所骂的那位奴才。事实上，在他高拔的身材、小络腮胡以及那微秃的头上，确实有些许奴才式的卑微；他笑得甜腻，领章带上闪耀着某个学会的徽章，那正是奴才的号码牌。

在第一段幕间休息时，她丈夫出去抽烟，她留在座位上。也坐在池座中的古罗夫便走到她面前，勉强微笑，声音颤抖地说：

“您好。”

她瞧他一眼，脸色苍白起来，惊恐地再瞧他一眼，不敢相信自己的眼睛，两手紧握着扇子和长柄望远镜，看得出来她内心挣扎着，生怕就这么跌倒昏厥过去。两人沉默。她坐着，他站着，他也因她的困窘而吓到了，不敢坐到她旁边。传来提琴与笛子调音的声响，这下可怕了，似乎所有包厢里的人都在看他们。就在此时她站起身来，快速往出口走去，他跟在她后面，两人茫然地走着，沿着走廊楼梯上上下下，他们眼前晃过了一些人——身着法官制服、教师制服以及达官显要的制服，全都挂着徽章，跟着又晃过一些女士，以及衣架上的毛皮大衣。过堂风忽地穿过，袭来一阵烟头的味道。古罗夫心跳得厉害，想着：“啊，老天！为何要有这些人，这乐队……”

在这一瞬间他想起，送安娜·谢尔盖耶夫娜去车站的那个夜晚，他曾告诉自己，一切都已经结束，他们不会再相见了。但这下离结束还有好远！

直走到一个狭窄阴暗的楼梯间，楼梯上面写着“通往后排池座”，她停了下来。

“您真是吓到我了！”她说，呼吸沉重，脸色依然苍白，饱受震惊，“哎，您真是吓到我了！我差点要死了。为什么您要来？为什么？”

“可是请听我解释，安娜，听我解释……”他连忙轻声说，“求求您，听我解释……”

她带着惊吓、哀求和爱意望着他，凝神盯着他，为了要把他的轮廓深深刻在记忆中。

“我是这样在受苦！”她没听他的话继续说，“我一直想的念的只有您，我靠想念您而活着。我想要遗忘，遗忘您，但为何，为何您又要来？”

在楼梯间平台上方，有两个吸烟的中学生朝下观望，可是古罗夫不管那么多了，他把安娜·谢尔盖耶夫娜搂过来，开始亲吻她的脸、颈子和手。

“您在做什么，您在做什么！”她一面惊恐地说，一面想摆脱他，“我俩都疯了。请您今天就离开，现在就离开……我以一切神圣之名祈求您，求求您……会有人来这里的！”

好像是有什么人从楼梯下方走上来。

“您该走了……”安娜·谢尔盖耶夫娜继续柔声低语，“听到了吗？德米特里·德米特里奇，我会去莫斯科找您的。我从来不曾幸福过，我现在不幸福，以后也永远永远不会幸福，永远不会！别再让我受更多的苦了！我发誓，我会去莫斯科。现在我们分开吧！我可爱的、善良的，我亲爱的，离开吧！”

她握一下他的手，便快步走下去，一路不断回眸望他，从她的眼睛看得出，她的确不幸福……古罗夫站了一下，仔细听着周遭的声响，等一切恢复平静后，他去衣帽间找自己的大衣，离开了剧院。

四

安娜·谢尔盖耶夫娜便开始定期来莫斯科找他。每两三个月她从S城过来一趟，她跟丈夫说自己有妇女病，要去找教授治疗，而她丈夫对此半信半疑。抵达莫斯科后，她通常投宿在“斯拉夫市集饭店”[1]，随即派一个戴着红帽的服务生到古罗夫家通报。古罗夫就这样去找他的情妇，在莫斯科没人知道这件事。

有一次，在冬日的早晨，他是在这种情况下去找她（因为前一天晚上通报的人没找到他）。他跟女儿走在一起，女儿想要他顺路带她去学校。天空落着硕大的湿雪块。

“现在是零上三度，却下着雪，”古罗夫跟女儿说，“但这个温度只是在地表上的，在大气表层上又是另外一种温度。”

“爸爸，那为什么冬天从不打雷呢？”

他也解释了这个问题。他嘴巴说着心里却想着，他正要去会情妇，没有一个人知道这件事，大概，以后也不会有人知道。他

1　斯拉夫市集饭店，位于莫斯科市中心，是当时第一流的大饭店。

过着双重的生活：一种是公开的，所有人都看见、都知晓的，这是谁都需要的生活，充满了约定俗成的真实与谎言，一如他所认识的人和朋友们过的生活；而另一种生活——得秘密进行。因环境的莫名其妙也或许是偶然之间的撮合，凡是他感到重要、有趣、不可或缺，以及身在其中觉得真诚且不自欺的一切，形成了他生活的核心内里，这都得隐瞒他人秘密进行；凡是他撒谎，或为了掩饰真面目而藏身于面具下的，例如他在银行的工作、在俱乐部里的争论、他所谓的“下等人”、偕同妻子参加纪念宴会，等等——这部分则都公开。他以自身的情况来看待他人，不相信眼前所见，永远假设每个人都活在秘密的掩护下，就像在黑夜的帷幔下过着一种真实又有趣的生活。每一个个体的本我存在于秘密中，或许多少因为如此，有些文化人才这么紧张兮兮地请求尊重个人隐私。

古罗夫送女儿到学校后，再到“斯拉夫市集饭店”。他在楼下脱掉毛皮大衣，上楼后轻轻敲门。安娜·谢尔盖耶夫娜身上穿着他最爱的灰色衣裳，因路途和期待而显得疲惫，她从昨天晚上就盼着他来。她脸色苍白地望着他，笑也不笑，他才刚进门，她就已经扑到他胸前。他们好像是两年没见面似的，一串长吻持续不断。

“嗯，你那边过得如何？”他问，“有什么新闻吗？”

“等等，我待会再说……我没办法。”

她没法说话，因为哭了起来。她从他身上转开，拿手帕擦眼睛。

“嗯，让她哭一哭也好，我这会儿就坐一下。”他心里想，便往扶手椅上坐下。

之后，他摇铃要人拿茶来。当他喝茶时，她仍背对他站在窗前……她哭泣是因为担心，因为忧伤地体认到他们的生活落得如此悲哀，他们只能秘密幽会，瞒着人们，像小偷一样！他们的生活难道不是毁了？

“唉，别再这样了！”他说。

他很清楚，这份爱还不会很快结束，也不知道什么时候结束。安娜·谢尔盖耶夫娜对他的依恋越来越深，她狂爱着他，若告诉她这一切早晚要结束，真无法想象她会变成怎样——就算说了她也不可能会信的。

他走近她，搂住她的肩膀，为了想安抚她，说些俏皮话，这时候他看见镜子中的自己。

他的头发已经开始发白。他觉得奇怪，这几年他老得这么快，变得不好看了。他两手搂着的肩膀是温暖而颤抖的。他为这个生命感到同情，尽管目前依然这么温暖美好，但显然已将近消逝枯萎，一如他的生命。她为了什么这么爱他？他在女人面前从没现出他的原本面貌，她们爱的不是他本人，而是爱她们所想象而创造出的那个人，并在她们生活中贪婪地找寻那个想象。之后，当她们发现错误，却还依旧爱着。跟他交往过的这些女人中，没有一个是幸福的。随着时间过去，他与相识的女人分分合合，却没有一次真正爱过谁。说是什么都可以，但就不是爱情。

直到如今，当他的头发开始发白，他才真真切切地好好爱上一个女人——这可是他生命中头一遭。

安娜·谢尔盖耶夫娜与他彼此相爱，如同关系非常密切的亲人，如同丈夫与妻子，如同温柔相待的知己。他们认为彼此的相会是命中注定，不能了解的是，为何他已娶、她已嫁。他们就像两只候鸟，一公一母，被人抓住强迫关在不同的笼子里。他们彼此原谅了各自所羞愧的过往，原谅了当下的一切，感受到这份爱情改变了他们俩。

从前在悲伤时，他会绞尽脑汁用尽理智安慰自己，但现在他已经无法理智思考，他深刻地感同身受，想要成为一个真诚而温柔的人……

“别再这样了，我的好宝贝，”他说，“哭一下就够了……现在我们来谈谈，来想想有什么办法吧。”

然后他们商量了好久，谈到如何避免这种不得不躲躲藏藏、欺瞒、分居两地、长久不见面的处境。该如何从这些难以承受的羁绊中解放出来？

“怎么办？怎么办？”他抱着头问，“怎么办？”

似乎，再过一会儿——解决之道便会找到，到那时候将有一种崭新的美好生活，然而两人很清楚，距离那个终点还有一段很长很长的路要走，最复杂、最艰困的才刚开始。

小玩笑[1]

一个晴朗的冬日中午……寒流强劲，冷得不得了，娜坚卡[2]抓着我的手臂，她鬓角的卷发和嘴唇上的细汗毛都覆上了银色的霜。我们站在高山上。从我们脚边到最下面平地一路延伸着平滑的缓坡，太阳直射其上仿佛是照在冰镜上。我们身边有一辆蒙着亮红色呢绒布的小雪橇！

"我们一起滑下去吧，娜杰日达·彼得罗夫娜！"我求她，"一次就好！我保证，我们会顺利抵达终点，不会受伤的。"

可是娜坚卡害怕。对她来说，从她脚上小橡胶靴套站的地方到那冰封山坡下的终点，眼前这一片无边无际得好像是一道可怕的无底深渊。当她朝下一望，或只是我建议她坐上雪橇试试看，她就心惊胆战，呼吸停顿，如果她真要冒险往深渊滑下去，到底会怎么样呢？她会吓死，会发疯吧。

"求求您！"我说，"不需要害怕！您要明白，这种害怕、胆

1　本篇原发表于一八八六年的《蟋蟀》杂志。

2　娜坚卡与下文的娜佳都是娜杰日达的小名。

小只是心理作用！”

娜坚卡终于让步，我从她脸上看出来，她是冒着生命危险让这一步的。我把这个脸色苍白、浑身发抖的女孩扶上雪橇，我坐下后一手环抱着她，就这样我跟她一起滑下无底深渊。

雪橇像子弹一样飞驰。被劈开的气流打在脸上，不断狂号着，在耳边呼啸着，撕扯着，凶恶地用力刺痛我们，并想要把我们的头和肩膀给拆散开来。风压大到让人没力气呼吸。好像是魔鬼现身张开爪子紧紧勒住我们，狂号着将我们拉到地狱里去。周遭事物连成一道拉长的带子急速流动着……似乎下一瞬间，我们就要车毁人亡了！

“我爱您，娜佳！”我轻声说。

雪橇渐渐越跑越慢，风的呼啸和滑道的嗖嗖响也不那么可怕了，呼吸不再困难，我们终于抵达山下。娜坚卡半死不活的，面色苍白，一口气差点喘不过来……我帮忙扶她站起身子。

“我下次绝对再也不滑了，”她张大眼睛满是惊恐地望着我说，“无论如何都不！我差点没死掉！”

稍过一会儿她恢复了平静，这时她疑惑地盯着我的眼睛：那句话是不是我说的，或者只是狂风喧嚣传给她的声响？我则站在她旁边抽着烟，专心地检视我的手套。

她挽着我的手臂，我们在山坡附近散步了好一阵子。显然，那个谜一直让她心神不宁。有没有人说过那句话呢？有还是没有？有还是没有？这可是事关女人的自尊、名誉、人生、幸福的问题，这非常重要，是全世界最重要的问题。娜坚卡难耐又忧愁地用一种想看穿人的眼神盯着我的脸，没头没脑地应着我的话，她等着看我是不是会亲口说出那句话。啊，这张可爱的脸真是戏剧化，表情真丰富！我看到她内心在挣扎，她需要说点什么、问点什么，可是她没找到适当的措辞，她不好意思问，又害怕问，而甜言蜜语带来的喜悦也妨碍她开口问……

“您知道吗？”她没看着我说。

“什么？”我问。

“我们再……滑一次吧。”

我们费力地爬阶梯上山。我再度扶着脸色苍白、浑身发抖的娜坚卡坐上雪橇，我们再度飞向可怕的深渊，风声呼啸和滑道嗖嗖的声音再度响起，在雪橇滑到最剧烈又最嘈杂的那一瞬间我再度轻声说：

“我爱您，娜坚卡！”

雪橇停下来时，娜坚卡朝我们一路滑来的山坡放眼一望，然后久久端详我的脸，仔细听着我那漠然又枯燥的说话声，而她全身上下，甚至连暖手筒和长耳雪帽都一起显现出极度的疑惑不解。她脸上好像写着：

“到底是怎么回事？谁说了那句话？是他，还是哪里传来让我听见的？”

这样的不清不楚使她不安，让她失去耐性。这可怜的女孩不回我的话，皱着眉头，一副要哭的模样。

“我们要不要回家了？”我问。

“可是我……我喜欢这样的滑雪，”她红着脸说，“我们不再滑一次吗？”

她“喜欢”这样的滑雪，却在我扶她上雪橇的时候，她一如前两次那样脸色苍白，几乎怕到喘不过气来，依旧发抖不已。

我们第三次往下滑，这回我注意到她想办法要看着我的脸、盯着我的唇。于是我拿了手帕遮住嘴巴，一直咳嗽，当我们滑到半山腰，我又成功说出：

“我爱您，娜佳！”

这个谜仍旧是个谜！娜坚卡沉默不语，心里在想什么事情……我从滑雪场送她回家，她尽量静静地走，并拖慢脚步，一直在等待我当面对她说出那句话。我看得出她的内心有多么难受，以及她如何克制自己别脱口说出：

“那句话绝不可能是风说的！而我也不想要是风说的！”

隔天早晨我收到一张便条：“如果您今天要去滑雪，就来带我去。娜。”从这天起，我与娜坚卡就每天去滑雪，乘着雪橇滑下山，我每次都会轻声说出那句同样的话：

“我爱您，娜佳！”

很快地，娜坚卡习惯了这句话，就像是有了酒瘾或吗啡瘾那样。没有那句话她就无法过活。没错，从山上滑下去依旧很可怕，可是现在，可怕和危险让这句调情说爱的话添上了一股特别的魅力，这句话依旧是个谜，依旧折磨着她的心。有嫌疑的还是这两个：我和风……两者其中谁会向她承认这份爱，她不知道，而她看起来已经无所谓了；不管用哪个杯子喝酒——还不都一样，只要能醉就好。

有天中午，不知为何我一个人去滑雪场，我混在人群之中，看到娜坚卡正往山坡走去，她的双眼四处探寻着我……之后她胆怯地沿着阶梯爬上去……她是多么害怕一个人滑雪呀，啊，真是太可怕了！她脸色苍白得像雪似的，不停地发抖，她一副要上刑场的样子，然而她还是过去了，头也不回坚决地走去。显然，她终于决定要试试看：当我不在的时候，她是否还会听到那句迷人的甜言蜜语？我看着苍白的她坐在雪橇上，害怕得嘴巴都合不拢，她眼睛闭着与这片土地永别，然后出发了……“嗖——嗖”……滑道嗖嗖地响。娜坚卡是否听到了那句话，我不清楚……我只看到，她最后精疲力竭地从雪橇里站起来，虚弱无力。从她脸上看得出来，她自己恐怕也不清楚是否听到了什么话。在她滑下去那段时间，恐惧感让她无法顾及听音辨字或理解什么了……

这下到了春日三月天……阳光显得亲切。冰封的山头变得暗沉，不再闪耀光彩，冰雪终于融化。我们停止了滑雪。可怜的娜坚卡已经没有地方能再听到那句话，也没有谁会再说了，因为这时候已经听不到大风吹，而我也准备要去彼得堡——去很久，应该说是永远。

大概在出发前两天，黄昏时分我坐在小花园里，隔壁院子就住着娜坚卡，之间围着一道顶端有钉子的高高栅栏，隔开了这个小花园……天气还冷，在堆肥下面仍有些积雪，林木枯寂，但空气中已经散发着春天的气息，准备过夜休息的乌鸦喧闹地叫着。我走近栅栏，在隙缝中看了许久。我看到娜坚卡从屋内走到门口台阶上，一副忧伤烦恼的眼神注视着天空……春风直接吹着她那苍白烦郁的脸庞……这春风使她想起，在山上滑雪那时候对我们呼啸的狂风，以及当时她听到的那句话，她的面容变得更忧伤了，脸颊流下了泪水……然后这可怜的女孩伸出双手，仿佛祈求这阵风再捎给她一次那句话。于是，一旁的我等到风起时，轻轻说出：

“我爱您，娜佳！”

老天啊，看看娜坚卡变成了什么样子！她大喊大叫，满脸微笑，伸出双手迎着风，她喜悦又幸福，她是那么的美丽。

然后我就回去收拾行李了……

这是很久以前的事情了。如今娜坚卡已经结婚，是家人把她嫁出去还是她自己找到人嫁——这都无所谓了，她嫁给一位贵族门下的秘书，目前已经有三个小孩。而我们曾几何时一起滑雪听到风捎给她的那句话“我爱您，娜坚卡”并没有被遗忘，现在这句话对她来说，是她一生中最幸福、最感动、最美丽的回忆……

而我现在年岁老了些，已经不能明白，那时候我为什么要说那句话，为什么要开玩笑……[1]

---

1 这个结局是契诃夫大改过的。在最初刊于杂志的版本中，男主角最后在栅栏后说完那句“我爱您，娜佳！”之后，便冲出去跟狂喜中的女主角承认一切，并向她求婚。契诃夫在自选全集中修改了这个阖家欢乐的结局，改为他晚期思想较深刻的风格。

某某小姐的故事[1]

大概九年前的某一天傍晚，在割草的时节，我和法院的代理侦讯官彼得·谢尔盖伊奇一道骑马去车站拿信件。

那天本来天气很好，可是回程路上传来了隆隆雷声，我们看见一团气呼呼的乌云直向我们扑来。乌云渐渐接近我们，我们也朝它迎面而去。

在乌云的背景后是我们的房屋和教堂，看起来亮得发白，高拔的杨树也转成了银色。

空气中闻得到雨水和刚割过的干草味。我的同伴心情爽快极了。他一直笑着，满口胡言乱语。他说如果我们沿路突然碰上一座中世纪城堡，那里有锯齿状的塔楼，青苔满布，猫头鹰出没，那我们就可以藏在那里躲雨，最后我们还是不幸被雷劈死，这样也不坏啊……

而这时袭来的第一波雨水打向黑麦田和燕麦田，狂风猛烈，

1　本篇原发表于一八八七年的《彼得堡报》，作者后来略修内容，原题名《冬天的眼泪》换为现在的题名。

尘埃扬起在空中打转。彼得·谢尔盖伊奇大笑,用马刺刺了一下马。

“好！”他叫一声，“太好了！”

我被他的欢乐所感染，一想到马上就要淋得全身湿透，还可能真会被闪电给打死，于是也跟着笑了出来。

我们在狂风大作中被压得喘不过气来，而来回急奔之间又感觉自己轻盈得像只小鸟，这时心里面既激动不安又有一种搔到痒处的舒服。我们骑回自家院子的时候，风已经不再刮了，大滴的雨水仍拍溅着草地，敲打着屋顶。马厩附近没半个人影。

彼得·谢尔盖伊奇卸下马嚼，牵马去马栏。我站在门槛旁望着斜斜的雨水如条似带地落下，等着他安顿好。这里的干草闻起来甜得撩人心绪，这气味比在田野上更是浓烈，天色在乌云和雨水笼罩下越见昏暗。

“好一个雷击！”在一声强烈无比的雷击轰隆之后，天空好像被劈成两半，彼得·谢尔盖伊奇走向我说。“怎么了？”

他跟我一起站在门槛旁，由于刚才来回忙着而呼吸急促，眼睛直望着我。我注意到他是在欣赏我。

“娜塔莉雅·弗拉基米罗夫娜,”他说，“我愿付出一切，只求可以这样站久一点看着您。您今天看起来真是美。”

他的眼睛看起来欣喜无比并流露着恳求，苍白脸庞的胡须上闪耀着雨珠，连那些雨珠也好像闪着爱意望着我。

“我爱您,”他说，“我爱您，我看到您就感到幸福。我知道您不可能成为我的妻子，但我无所求也无所需，只要让您知道我爱着您就好。别说话，别答话，也别看我，只要您知道，您对我而言珍贵无比，请容许我看着您就好。”

他的喜悦感染了我。望着他热情洋溢的脸，听着他那掺了雨水喧嚣的说话声，我好像被迷惑住了，无法动弹。

我想要无止境地望着这双闪亮的眼睛，聆听着他说话。

“您别说话——这样才好！”彼得·谢尔盖伊奇说，“您就一直别说话吧。”

我感觉真好，心满意足地笑着，在倾盆大雨中往家门里跑去；他也笑了，并跳着跑来追我。

我们两个像小孩子一样喧闹着，全身湿淋淋，跑得气喘吁吁，弄得楼梯砰砰响，飞快跑进房间里。不习惯看到我这么哈哈笑高兴模样的父亲和哥哥，惊讶地瞧瞧我，他们也笑了起来。

雷雨乌云散尽，轰隆声沉寂下来，而彼得·谢尔盖伊奇的胡子上仍旧闪耀着雨珠子。晚餐之前他整晚都唱着歌，吹口哨，在一个个房间追着狗玩闹着，差点没把端着茶炊[1]的仆人给撞倒。他晚餐吃得很多，说了一堆傻话，还问我们信不信：冬天吃新鲜小黄瓜的话，嘴巴里就会有春天的气味呢。

1　茶炊是俄罗斯煮水的锅具，底部的火室有一根小烟囱通向顶端开口，环状的储水室下方附有水龙头；茶炊通常在院子里生火煮沸水后再搬到餐桌上泡茶，小烟囱顶端可放置茶壶保温。

我躺下睡觉前，点燃蜡烛，敞开窗户，心底袭来一种不确定的感觉。我想起来我是个自由、健康、显贵而富有的女人，人们之所以爱我，主要还是因为我显贵而富有——显贵而富有——这多好啊，我的上帝！……之后，一股寒意掺着露水从花园溜进房间，我因此有点发冷而瑟缩在床上，我想尽量搞清楚，自己爱不爱彼得·谢尔盖伊奇……但什么都没弄清楚我便睡着了。

早晨醒来我看见床上舞动着光斑和椴树枝丫的光影，记忆中的昨日种种又栩栩如生复活了。这样的生活让我觉得多彩多姿，灿烂洋溢。我一边哼着歌一边快速穿上衣服往花园跑去……

那么然后呢？然后——就没了。冬天我们住在城里的时候，彼得·谢尔盖伊奇很少来找我们。乡村的朋友只有在乡村和在夏天里才显得迷人，到了冬天回到城里后，他们的美好便丧失了大半。在城里你要是请他们来喝茶，会让人觉得他们和身上穿的服装很不协调，还有他们用汤匙搅茶水也搅太久了吧。在城里时，彼得·谢尔盖伊奇有时候也会对我谈情说爱，可是完全不像在乡村时候的那种感觉。在城里我们彼此更强烈感觉到有一堵墙横亘在我们之间：我显贵而富有，但他穷，他甚至不是贵族阶级，只不过是教会辅祭[1]的儿子，是法院的代理侦讯官，全部就这样了。

1　辅祭是东正教会里职位最低的行政人员。

我们两个都认为这堵墙又高又厚——我是年少不更事才这么想，而他呢，只有上帝才知道为什么。他到城里拜访我们的时候，总是勉强微笑着，并批评上流社会，当客厅里有其他人在场，他便阴郁地沉默起来。没有哪一堵墙是打不破的，然而现代恋爱里的男主角，就我了解他们的程度来说，他们通常太胆小、不积极、懒惰又多疑，他们太轻易向这种想法妥协——认为自己是失败者或被生活所蒙骗。他们不去奋斗，只批评这个社会庸俗，却忘记他们的批评本身也渐渐成了庸俗。

我被人爱过，幸福曾经那么靠近我，似乎近到与我比肩相邻，然而我活得太过闲散，我没尽力了解自己，不知道自己在期待什么,也不知道想要从生活中得到什么,而时间却已经走过流过……从我身边经过了怀着爱慕的人们，闪过明亮的日与温暖的夜，传过夜莺鸣唱，以及干草芬芳——这一切在回忆中多么可爱又教人赞叹，却从我和所有人身边疾速走过，了无痕迹，还没受到珍惜就像雾一样消逝了……这一切都跑到哪里去了？

父亲过世了，我变老了。雨水喧嚣、雷声隆隆、幸福的想象、爱情的对话——昔日这一切我所喜欢的事情安抚过我，给过我希望，但至今徒留回忆，前面我只看到荒凉无边的远方：在那平平的原野上没有一个活生生的人，那里的天边阴暗可怕……

门铃响起……这是彼得·谢尔盖伊奇来了。冬天我看到枯树的时候，总会想起它们的枝叶到了夏天会为我而绿，我便喃喃低语：

“噢，我亲爱的树啊！”

当我看到跟我一起度过自己春天的人，心里头会冒出一股感伤和暖意，然后也喃喃说着同样的话。

他早就因为我父亲的关照而调到城里工作。他老了些，脸也消瘦了些。他已不再对我谈情说爱，不再胡言乱语，他不爱自己的工作，好像哪里病了，好像对什么失望，不再关心生活，日子过得意兴阑珊。这时他坐在壁炉旁，沉默地望着火……我不知道要说什么，只好问：

“嘿，怎么了？”

“没什么……”他回答。

再度沉默。红色的火光在他忧伤的脸庞上跳动着。

我想起了往日，我的肩膀突然颤抖起来，我低下头痛哭失声。我忍不住可怜我自己，可怜这个男人，我热切地想要回过去的一切，期盼现在的生活还给我们那一切。这时候我已经不再想我是个显贵而富有的人了。

我呜咽失声，摁着自己的太阳穴嘟囔着：

“我的老天，我的老天，生活毁掉了……”

而他坐着不发一语，也没对我说：“别哭了吧。”他了解哭泣对我是必要的，知道这一刻终究会来临。我望着他的眼睛，看出他怜悯我；我也怜悯他，但更懊恼他这个胆小的失败者，他没有勇气为我、为他自己建立一个美好的人生。

我要送他出门的时候，他在前厅穿了好久的大衣，我觉得他是故意拖延时间。他默默地两次亲吻我的手，久久凝视着我哭过的脸庞。我心里猜，这一瞬间他想起了雷鸣、大雨滂沱、我们的欢笑和我那时候的脸庞。他想要跟我说点什么，他也该乐于说出才对，但是他什么也没说，只摇摇头，然后用力地跟我握手。上帝保佑他！

送走他之后，我回到书房，又坐在壁炉前的地毯上。火红的木炭蒙上一层灰烬，渐将熄灭。寒流更厉害地扑打着窗户，风在壁炉烟囱里呜吟着某个曲子。

打扫房间的女仆走了进来，她想我是不是睡着了，喊了我一声……

薇罗琪卡[1]

伊凡·阿列克谢维奇·奥格涅夫记得在那个八月的晚上，他叮叮当当打开玻璃门，走到外面的露台。那时候他穿一件轻便斗篷，戴着宽檐草帽，这顶帽子现在已经跟长统皮靴一起扔在床下灰尘里了。他一手拿着一大捆书和笔记本，另一手拄着一根多枝节的大木棍。

屋主库兹涅佐夫站在门后面提着灯帮他照路，他是位秃顶的老先生，蓄了一把长长的灰白胡子，身上套着雪白色浮纹织布外衣。老先生温厚地微笑点头。

“再会了，老人家！”奥格涅夫对他大声说。

库兹涅佐夫把灯搁在小桌上，也走到外面露台去。于是两条狭长的影子穿过门廊台阶往花坛晃荡过去，影子的头顶着椴树树干。

“再会，再一次感谢，亲爱的！”奥格涅夫说，“感谢您的殷

1 本篇原发表于一八八七年的《新时代》杂志。托尔斯泰认为这篇是契诃夫的最佳小说之一。薇罗琪卡是薇拉的小名。

勤款待，感谢您的关爱和温馨……我生生世世永远都不会忘记您的好客。不只您好，您的女儿也好，您这里所有人都善良、快乐、殷勤……这么棒的一群人，好到我不知道该怎么说！”

由于感情澎湃和刚刚喝了果子酒[1]的影响，奥格涅夫激动得用以前在学校念书时如歌似的声调说话，后来甚至感动到无法用言语表达，只能眨眨眼睛，抖抖肩膀。库兹涅佐夫也微有醉意，同样深受感动，探头过去亲吻这位年轻人一下。

“我已经熟悉了你们，就像猎犬认主人似的！”奥格涅夫继续说，“我几乎每天都晃到您这边来，在这里过夜有十次了吧，喝了多少的果子酒啊，现在想起来都觉得可怕。加弗里尔·彼得罗维奇，我最想感谢的是您的合作与协助。没有您的话，我这里的统计工作到十月前都可能忙不完。我会在工作报告的前言中这样记下：我必须表达我对某县的地方自治会执行处主席库兹涅佐夫的感谢，感谢他的合作无间。统计工作的未来光明无限啊！请您转达薇拉·加弗里洛夫娜，还有医生、两位侦察员及您的秘书，我要向他们致上万分的感谢，我永远不会忘记他们的协助！现在，老先生，我们来拥抱吧，最后的吻别了。”

奥格涅夫激动不已，再次亲吻老先生后往台阶下走，到最后一阶时他回身问：

1 将水果或浆果浸在伏特加酒中泡制成的烈酒。

“我们什么时候会再见面吗？”

“上帝才知道！”老先生回答，“可能永远不会啦！”

“是啊，没错！无论什么都引诱不了您去彼得堡的，而我以后也不太可能再到这个县来。那么，永别了！”

“您可以把书留在这里呀！”库兹涅佐夫在他身后大喊，“您何必搬这么重的东西走？我明天找人帮您送去就好了。”

但是奥格涅夫已经听不到，他快速离开了房子。他心底被酒给烘得热热的，感到愉快温暖，同时又有点感伤……他走着想着，人生中有那么多机会遇上好人，遗憾的是，相遇之后除了回忆就没别的留下来。这就像天边隐约乍现一群野鹤，微风捎来它们那悲喜交织的叫喊声，而下一分钟，不管多么用力眺望远方蓝天，都没法看到任何一个小黑点，也听不到任何声音了——人们似乎也是如此，他们的样貌和话语在生活中倏忽而过，便沉落在我们的过往中，除了无用的回忆痕迹，什么也没留下。奥格涅夫从一开春就在这个县住下，几乎每天都去殷勤好客的库兹涅佐夫家，他已经与老先生和他女儿及仆人相处熟稔，像是亲戚一样，他对整个屋子里里外外都一清二楚，记得舒适的露台、林荫小径的每个弯道、厨房和浴室上方的树木轮廓，但他现在一走出院子的篱笆门，这一切将转变成回忆，他会永远丧失这份现实的意义，再过一两年，所有这些可爱的样貌会在他的认知中渐渐淡去，变得像虚构幻想的东西一样了。

“生活中没有什么比人还珍贵的！”奥格涅夫沿着林荫小径步向篱笆门，情绪激动地想，“一点也没有！”

花园里又静又暖。木樨草、烟叶和天芥菜漫着芬芳，花坛上这些花草尚未凋谢。灌木丛和大树干之间的空隙，填满了柔柔淡淡的雾气，里面浸透着月光，在奥格涅夫的记忆中久久留着的，就是这一朵朵幽灵似的雾，它们静悄悄但肉眼可见地一朵接一朵横越林荫小径飘去。月亮在花园上空高高挂着，它的下方有透明的雾点朝东方散去。整个世界好像只是由这些黑色的暗影和流动的白影所构成，奥格涅夫恐怕是人生头一遭在这八月的月夜里观雾，他想象着自己看到的不是大自然，而仿佛是一幕舞台布景——那里有几个藏身在树丛下的烟火技师，原想用银白色的孟加拉国式烟火[1]来照亮花园，但技术不够好，打亮烟火的同时还烧出了一朵朵白烟飘到空中。

当奥格涅夫走近花园的篱笆门，有一个黑影从低围栏那边朝他迎面过来。

“薇拉·加弗里洛夫娜！”他高兴起来，“这是您吗？我找啊找，想与您道别……再会，我就要离开了！”

“这么早？可是才十一点。”

1　孟加拉国式烟火，即我们称的仙女棒烟火，文中所指应有蜡烛或火把般大小。这种烟火传说是孟加拉国发明的，后由印度传至全世界。

“不，是时候了！我得走五里[1]路回去，而且还要收拾行李。明天要早起……”

奥格涅夫面前站着的是库兹涅佐夫的女儿薇拉，她是个二十一岁的女孩，像往常一样面带愁容，穿着不讲究，是个漂亮的女孩子。这一类女孩常常梦想，可以一整天躺着慵懒地看着手边拿到的任何书，她们觉得生活乏味，常发愁，对衣着毫不在意。而这种人之中却有一些天生拥有美的品位与直觉，因此衣着上的漫不经心反而造就了特别的美妙。至少奥格涅夫尔后回想起美好的薇罗琪卡时是这么觉得，他无法想象她不穿那件宽大的短袖连衣裙，腰身起着很深的皱褶，却宽得触不到身躯，也无法想象她梳高的发型不在额头上露出那一绺卷发，他更不可能会忘记那条边缘缝着绒绒小毛球的红色针织披巾，在无数个晚上这披巾郁郁地垂在薇罗琪卡的肩膀上，就像无风时候的旗帜一样，而白天则被揉皱成一团，搁在前厅靠近男士帽子旁，或者就直接丢在餐厅的斗柜上，让那里的老猫不客气地赖在上面睡觉。这条披巾和起皱的连身裙散发着一种自在慵懒、居家心境与善良温婉的气息。或许是因为奥格涅夫喜欢薇罗琪卡，他才能在她的每一颗纽扣和每一层皱褶里，读出某种温馨惬意又纯真的东西，还读出某种美好诗意的特质——这正是那些不够真诚、丧失美感、冷漠的女人

1 这里指俄里，全书亦同，一俄里等于一点零六公里。

身上所欠缺的。

薇罗琪卡身材姣好，拥有标致的轮廓和美丽的卷发。奥格涅夫一辈子对女人阅历很少，她对他来说就是个美女了。

“我要走了！”他在篱笆门口跟她告别，“别记起我的坏处！感谢一切！”

他一样用那种刚刚跟老先生谈话时吟诵似的声调说，同样眨着眼睛抖着双肩，他感谢薇拉的好客、温馨和殷勤款待。

“我给母亲的每一封信里都提到了您，”他说，“要是没有像您和您父亲这样的人，真不敢想象世间生活会是如何，恐怕会乱七八糟。你们所有人都太好了！都是淳朴、热心又真诚的人。”

“您现在打算去哪里？”薇拉问。

“我现在要去奥廖尔[1]找母亲，会在她那里待两个礼拜左右，再从那里去彼得堡工作。”

“然后呢？”

“然后？我会工作一整个冬天，到下个春天我又要去某个县搜集资料。那么，祝您幸福，长命百岁……别记起我的坏处。我们不会再见面了。”

奥格涅夫弯身亲吻薇罗琪卡的手。之后他在一股悄然的激动

1 奥廖尔（Oryol），奥廖尔省的首府城市。由于此地也是作家屠格涅夫的故乡，因而会让人联想到屠格涅夫笔下的男主角形象——思想的巨人，行动的侏儒——套在本文男主角返乡探母的情节上，有另一番契诃夫式的嘲弄趣味。

中理了一下斗篷，尽可能舒服地提着那一捆书，沉默一阵又说：

“起了好多的雾啊！”

“是啊。您没忘记什么在我们这儿吧？”

“什么？好像，没有……”

奥格涅夫默默站了几秒钟，随后笨拙地转身离开花园。

“请您等一下，我送您到我们森林边。”薇拉跟着他出去说。

他们沿着马路走出去。到这里树木已经不再遮住旷野，可以看得到天空与远方。整个大自然隐藏在半透明的烟雾中，仿佛蒙着面纱，大自然的美透过这层雾反而更显明朗。雾渐渐越浓越白，不均匀地卧在干草垛和灌木丛附近，或者是一小朵一小朵地晃荡过马路，压向地面，好像是想尽量别挡住旷野似的。透过烟雾可以看到整条通往森林的马路，路两侧有暗暗的沟渠，生长在渠里的小灌木丛阻碍了一朵朵的雾横越过去。在篱笆门外半里路远的地方，库兹涅佐夫家那片森林看起来变得暗沉沉的。

“她干吗要跟我走这一段？到时候我又得送她回去！”奥格涅夫心里想，但他看着薇拉的轮廓，又甜蜜地笑一笑说：

“真不想在这种好天气离开！这个晚上多么浪漫，有月光，有宁静，该有的都有了。薇拉·加弗里洛夫娜，您知道吗？我在这世上已经活了二十九年，可是这辈子一次恋爱都没谈过，连一个爱情际遇也没有，不管是约会或是在林荫小径里的爱慕叹息或接吻，这些我都只是听人说而已。这不正常！在城市里，一个人待在房间的时候，并不会发现这样的人生空白，可是到了这里，在新鲜空气熏陶下，这个空白就会被强烈感受到……不知为何，这真是让人难过！”

“您怎么会这样呢？”

“我不知道。大概，一直以来都没有时间，而或许只是没机会遇上那样的女人让我……总之，我认识的人少，我没什么地方可去。”

两个年轻人沉默地走了约莫三百步之久。奥格涅夫瞧着薇罗琪卡没戴帽子的头和肩上的披巾，春夏时光那些日子再度在他心里一个个涌现。那段时间他远离了彼得堡那间灰暗的公寓房间，享受着这些好心人的温馨款待、大自然，以及他喜爱的工作，他无暇顾及晨曦和晚霞是怎么更替的，一个接着一个，像是在预告夏日时光不再似的，先是夜莺停止了歌唱，跟着是鹌鹑，之后是长脚秧鸡……时光在不经意间飞逝，这表示生活过得又好又轻松……他开始喃喃自语地回想，没钱又不习惯走动和打点人际关系的他，当初是多么不甘愿在四月底来到这个县城，他原本预期这个地方会很无聊、孤单，当地人会对统计工作反应冷漠，而在他看来，统计工作目前在科学领域中已占有最重要的地位了。他在一个四月的早晨抵达此地，投宿在一位旧教徒里亚布欣开设的大旅店，那里过一夜要价二十戈比，给了他一间明亮干净的房间，房里规定禁烟，他得到街上抽。休息过后，他打听到谁是这里的县地方自治会执行处主席，立刻步行前去探访这位库兹涅佐夫老先生。得走四里路才到，沿途满是繁茂的草地和新生的小树林。白云之下云雀闪动，空中充满银铃般清脆的鸣叫，在新绿的耕地上，乌鸦气派又架势十足地挥舞着翅膀，跑来跳去。

“老天啊，”奥格涅夫那时候惊叹，“难道这里一直都可以呼吸到这种空气，还是这样的芬芳只有今天为了我的到来才有？”

他预料会碰到一个冷淡、公事公办的接待，因此心虚地进到库兹涅佐夫家，他蹙着眉头看对方，腼腆地揪着自己的胡须。老先生起先也皱眉，他不了解，为什么这位年轻人和他的统计工作会需要地方自治会执行处的协助，但是当年轻人向他仔细解释统计资料是什么以及该在哪里搜集资料后，老先生豁然明了，微笑一下，开始有一股孩子气的好奇心来翻看他的小笔记本……就在当天晚上，奥格涅夫已经坐在库兹涅佐夫家吃晚餐，没多久就因为喝了很烈的果子酒而醉了，他望着眼前新认识的人，看着他们那宁静的脸庞和迟缓的行动，感觉全身上下有一股甜蜜又昏昏欲睡的慵懒，这时候他只想睡觉，想伸懒腰，想笑。而刚认识的朋友们善意地瞧着他，问他父母是否健在、一个月赚多少薪水、是否常去剧院……

奥格涅夫回想起自己到各地乡间去旅行、野餐、钓鱼，想起组团到少女修道院拜访女院长玛尔菲，她会赠送给每位访客一个串珠钱包，还想到激烈又没完没了的典型俄国式争论，好争辩的人口沫横飞用拳头敲着桌子，这些人彼此不理解，频频插话，他们没注意到自己的每一句话都相互矛盾，经常改变话题，争论个两三个钟头后，大家才笑着说：

“鬼才知道我们是为了什么在吵！刚开始明明很好，结束得却很糟！”

“您记不记得，我和您还有医生曾一起骑马去舍斯托沃[1]？”两人快到森林前，奥格涅夫对薇拉说，“那时候我们还遇到一位疯疯癫癫的苦行僧。我施舍了他五戈比硬币，而他帮我画了三次十字后，就把硬币丢到黑麦田里去了。老天啊，我能带走多少这些印象，要是能够把它们收拢起来紧紧堆攒，那么它们就会变成亮丽的金块喽！我不明白，为什么聪明又有情感的人们要挤在首都而不来这里？难道在涅夫斯基大街[2]或窝在那潮湿的大房子里，会比这里更辽阔或有更多的真理吗？的确，在那些附家具的公寓房间里，从上到下住满了艺术家、学者、记者，真让我觉得他们有偏见。”

离森林二十步远的地方，一座四端有小柱的小狭桥横跨大路，这里经常是库兹涅佐夫家和他们的客人夜晚散步时的短暂停

1　舍斯托沃（Shestovo），俄国常见的地名。

2　涅夫斯基大街是当时的首都彼得堡主要的街道之一。

留处。有人会在这里玩林间回声的游戏，还可以看到接下去的大路渐渐隐没在黑暗的林间通道里。

“嘿，小桥到了！”奥格涅夫说，“您应该在这里回头了……”

薇拉停下来，喘一口气。

“我们坐一下吧，”她说，然后坐在一根小柱顶上，“一般人在临别之前，通常会坐一下。”

奥格涅夫靠在她旁边，不太舒服地坐在他那捆书上面，他继续说他的话。她则因走这一段路的关系而呼吸急促，她没有看奥格涅夫，只望着另外某个方向，因此他看不到她的脸庞。

“要是匆匆十年过后我们再见面，”他说，“到时候我们会变成什么样子呢？您会变成一位人人敬重的母亲吧，而我也成了在某种程度上受人景仰的统计汇编作者，事实上这种书有四万册之多，根本没人要读。我们重逢并回忆旧日时光……现在我们所感受到的当下，让我们情绪高昂又激动，然而下次重逢的时候，我们恐怕记不得，是哪天哪月甚至哪一年在这座小桥上最后会面了。您大概会改变……听我说，您会变吗？”

薇拉颤抖一下，转身面对他。

“什么？”她问。

“我正在问您……”

“对不起，我没听到您说什么。”

奥格涅夫这才注意到薇拉整个人不一样了。她变得脸色苍白，喘不过气来，呼吸颤抖得遍布全身，一直抖到手、嘴唇和头上，她梳的发型冒出了两绺卷发，不像往常只有一绺……看样子，她是避免直接与他四目对望，好尽量掩饰自己的紧张，她一会儿整一整似乎是卡到脖子的衣领，一会儿又把自己的红色披巾从这肩挪到另一肩……

“您好像很冷，”奥格涅夫说，“坐在雾中对身体不太好。让我来带您回家吧[1]。”

薇拉不说话。

“您怎么了？”奥格涅夫微微一笑，“您不说话也不回答。您是身体不舒服还是生气了？啊？”

薇拉把手掌紧紧摁在面向奥格涅夫的脸颊上，随即急速地缩回手。

“真可怕的情况……”她一脸痛苦无比的表情喃喃自语，“可怕！”

“什么情况可怕？”奥格涅夫耸耸肩问，没有掩饰自己的惊讶，“是什么事？”

薇拉仍旧呼吸急促，双肩颤抖，她转身背对他，望着天空半分钟后说：

“我有话要跟您谈一谈，伊凡·阿列克谢维奇……”

1　原文用俄式拼音的德文。

“我在听。”

“您可能会觉得奇怪……会惊讶，但我不管了……”

奥格涅夫再次耸耸肩，已经准备好听她说。

“是这样……”薇罗琪卡开始说，低下头，手指揪着披巾的小毛球，“您注意到没，我想要跟您……说的这个……您会觉得奇怪……会觉得傻，而我……我再也受不了。”

薇拉的话转成不清不楚的喃喃低语，话语因哭声而突然中断。这女孩用披巾掩面，头更低了，痛哭失声起来。奥格涅夫困窘地发出“喀”的一声，惊讶莫名，他不知道该说什么该做什么，无助地环顾四周。由于不习惯看到别人哭泣流泪，他自己的眼睛也开始痒了起来。

“唉，怎么还这样！”他慌张地喃喃说着，“薇拉·加弗里洛夫娜，这是何必呢，请问？亲爱的，您……您病了吗？还是谁欺负了您？您说说看，或许我……可以帮忙……”

他想试着安抚她，小心谨慎地让自己挪开她捂在脸上的手，这时候她含着泪对他微微一笑，并说：

“我……我爱您！”

这不过是普通人说的普通话，听来稀松平常，但是奥格涅夫却十分尴尬地从薇拉面前转过身，然后站起来，尴尬之后随即感到一股震惊。

先前的道别和果子酒带给他的忧愁、温暖和感伤的情绪瞬间消失无踪，随之而来的是又急又刺的困窘感，仿佛他的心在身体里头翻转着，他斜望着薇拉，告白爱情之后的她，现在已经退下了原先装饰在女人身上的高不可攀，这让他觉得她好像身材变矮了，变得普通又黯淡了。

“这到底是怎么回事？”他内心惊恐，“可是我对她……是爱还是不爱？这就是问题所在！”

当她终于把最重要、最难以承受的心事说出来后，呼吸就变得轻松自然些。她也站起来，直盯着奥格涅夫的脸，开始情不自禁又匆忙而热烈地说了一连串的话。

一个突然受到惊吓的人不可能立刻回过神来，搞清楚令人震惊的灾难的那些话语是如何说出来的，奥格涅夫也是这样，他无法想起薇拉刚说过的话和句子。他只记得她话里的大概意思、她本人的样貌，以及她的话在他内心产生的感受……记得她的话声中带着焦虑而略微嘶哑，仿佛被掐着似的……还记得她声音里有不寻常的乐音起伏及热情的调子。她又哭又笑，睫毛上闪耀着小泪珠诉说着：她从一开始认识他的那几天，就被他的独特、聪明、善良睿智的眼神、工作任务和生活目标所深深吸引，那一刻她已经热情、疯狂、深刻地爱上了他；夏天有时候她从花园走进屋子时，看到他放在前厅的斗篷，或者是远远听到他的声音，那么她的心里就会拂来一阵清凉，预感到幸福；甚至他的空泛笑话也能使她哈哈大笑，而在他笔记本里的每一个数字，她都看到某种不同凡响的睿智和伟大，连他那根多枝节的手杖也让她觉得比树木还要美丽。

此时，森林、朵朵雾气和马路两边的暗沉沟渠，似乎都静了下来聆听着她，但在奥格涅夫的心中，却是冒出了某种不太妙又怪异的感觉……薇拉告白爱情时的模样格外迷人，她话说得漂亮又热情，而他感受到的却不是如他所想象的那种享受和人生喜悦，只感到对薇拉的同情，以及他让这个好女孩难过的心痛和遗憾。老天才知道，他是书读太多的理智在作祟，还是挡不住客观态度的影响，这种客观经常妨碍人们感受生活，然而或许只是薇拉的狂喜和苦恼让他觉得这太过甜美、不够认真，可是与此同时他内心又有一种感觉在挣扎，对他轻声细语，说他现在所见所闻的一切，无论从外在环境或个人幸福的角度来看，比所有的统计学、书籍、真理还要严肃……他生气怪罪自己，尽管他不明白自己到底错在哪里。

他陷在极度困窘中，完全不知道自己该说什么，但这时候不说话又不行。要直接说“我不爱您”，他可没办法，要说“是，我爱”，他却说不出口，因为他无论怎么苦苦挖掘自己内心，也找不到一丁点爱情的火花……

他沉默不语，而她这时候依然讲个不停，她说想见到他，想要跟他走，哪怕现在就走，无论去哪儿都行，要当他的妻子和助手，对她而言没有比这些还要更幸福的事情了，她还说如果他弃她离去，那她会忧伤而死……

“我无法待在这里！”她一边说，一边拗着手，“我厌烦了这里的房子、森林、空气。我无法忍受这一成不变的平静和漫无目的的生活，无法忍受我们这里平淡无奇又黯淡无光的人，这些人个个都相似，像一滴滴水似的！他们全都很热心、温馨，因为他们衣食无缺，没有受过苦，没有奋斗过……而我正想要去住在又大又湿的房子里，跟那里的人们一起受苦，想要被劳动和贫困磨一磨……”

这些话对奥格涅夫来说实在太过甜美，不够认真。当薇拉说完，他还是不清楚该说些什么，但沉默也不是办法，于是他喃喃地说：

“薇拉·加弗里洛夫娜，我非常感谢您，尽管我觉得我根本没有资格得到这份……您所说的……情感。再来，身为诚实的人，我应该要说出……幸福是基于对等的立场，也就是说当双方……都一致爱上对方……”

然而这一瞬间奥格涅夫不好意思继续说下去，他沉默了。他感觉到，这个时候他的脸一定很愚蠢、罪恶、呆板，且不自然地紧绷着……薇拉应该可以读出他脸上的真正意思，因为她突然变得严肃，一脸苍白，她的头像花凋谢似的垂了下来。

“请您原谅我，”奥格涅夫忍不住沉默又嘟囔起来，“我是这么尊重您……真让我心痛不已！”

薇拉骤然转身，快步往庄园走回去。奥格涅夫跟在她后面。

“不，不需要！”薇拉说，手甩着披巾的流苏朝他挥一挥，“别过来，我自己会走回家……”

“不，总该要……不能不送啊……”

奥格涅夫不说了，他自己都觉得再说任何话只会讨人厌，也没法说出什么新名堂来。他每走一步就滋生一点罪恶感。他气自己，双拳紧握，咒骂自己既冷漠无情又不善与女人交际。他想尽量激发自己的情感，于是望着薇罗琪卡的美丽身躯，望着她的辫子，以及她那小小脚掌印在尘土路上的足迹，回想着她说过的话和流过的泪，可是那一切只让他心生怜悯，没有办法让他心灵感动。

“啊，爱情真是不能勉强的！”他内心确信，同时却又想，“那我到底什么时候才可以爱得不勉强呢？我都快要三十岁了！像薇拉这么好的女人我不曾遇过，以后也永远不会遇到了……啊，过早的衰老！三十岁就老了！”

在他前面的薇拉越走越快，头也不回，低着头。他觉得她忧伤到脸颊都消瘦了，肩膀也缩小了……

“我可以想象得到这个时候她内心里的滋味！”他望着她的背后想，“恐怕是羞耻痛苦到想死！天啊，其中多么有生命力、诗意和意义呀，就连石头都会为之感动，而我……我真是又笨又不可理喻的人！”

薇拉在篱笆门旁匆匆瞄他一眼，然后弯下身子，拉紧披巾裹住自己，沿着林荫小径快步走进屋去。

留下奥格涅夫一个人。他回头朝森林而去，缓慢走着，常常停下来回顾篱笆门，全身上下的肢体动作呈现出一种表情，仿佛不相信自己似的。他的眼睛在路上搜寻着薇拉小脚的足迹，他不相信这位他那么喜欢的女孩，刚刚才对他告白爱情，而他却那么笨拙粗野地“拒绝了”她！这是他生平头一遭实际体认到——人的确很少依着内心本善行事，明明自己受过了热情好心人士的款待，却心手不一地把残酷、不该有的痛苦回报给自己亲近的人。

他良心痛苦不安，在薇拉从他面前消失后，他开始觉得他丧失了某种非常珍贵、亲切而且再也无法找回的东西。他感到他的青春有一部分跟着薇拉一起溜走了，在那一瞬间他多么无望地承受着，以后不会再有那样的感觉了。

走到小桥时他停下来深深思索。他想要找出自己异常冷漠的原因。对他来说已经清楚了，他的冷漠不是外在的，而是由内生出的。他诚实面对自己，认知到，他这不是那种聪明人常自夸的理性冷静，也不是自私自利的笨蛋的冷漠，而只是内在心灵的懦弱无力、无能领会深刻的美，还有因为教养方式、为一小块面包而失序斗争、无家庭的外宿生活等等造成的早衰使然。

他似乎不太甘愿地慢慢从小桥往森林走去。在这个漆黑浓密的阴暗之中，到处急剧闪动着斑斑月光，在那里除了自己的思绪他什么也没感受到，他热切地想要回他所丧失的东西。

奥格涅夫还记得后来他又再走回去一次。他用回忆煽动自己，强迫在自己的想象中描绘出薇拉的模样，他快步向花园走去。路上和花园里的雾已经散了，仿佛洗净了的明月在天空中俯瞰下界，只有东方起了一点雾霭变得阴暗些……奥格涅夫记得自己小心翼翼的脚步、暗了的窗户，以及浓郁的天芥菜和木樨草的芬芳。屋子外熟识的卡罗友善地摇着尾巴，走到他跟前嗅一嗅他的手……它是这里唯一活生生的动物目睹了这个场景：他绕着屋子走一两圈后，在薇拉的暗窗前站一会儿，挥一挥手，深深叹一口气，然后走出了花园。

一个小时后他回到了城内，精疲力竭又身心俱裂的他，把红热的脸和身体靠在旅店的大门上，手敲着门把。城里某处有一只半睡不醒的狗吠叫着，教堂附近也响起了打更的铁板声响，仿佛在回应他的敲门声。

“你每夜晃来晃去……”身上穿着类似女用长衫的旅店老板埋怨着，帮他打开了门，“闲晃个什么，不如好好祈祷上帝。”

奥格涅夫走进自己的房间，坐倒在床铺上，久久看着灯火，然后他甩一甩头，便开始收拾行李……

阿里阿德涅[1]

一艘从敖德萨驶往塞瓦斯托堡[2]的轮船，甲板上有位长得相当俊美、蓄着圆形胡子的先生，他走到我面前点烟，对我说：

"请注意这些坐在操控室附近的德国人，德国人或英国人聚在一起，总是在谈论羊毛价钱或田产收获，谈个人的私事。可是不知道为什么我们俄国人聚在一起时，便只会谈女人和崇高的议题。不过最主要的——还是谈女人。"

这位先生我很面熟了。前一晚我们搭同一班火车从国外回来，还有在沃洛奇斯克[3]也看到过他，在海关检查时他和一位女伴在一起，站在堆积成山的行李箱和装满女用服装的篮子前，我看到他不得不为一条丝巾付关税而显得困窘郁闷，而他的女伴则表示抗议并威胁要向人投诉。之后我们同行去敖德萨，我又看到他一

1 本篇原发表于一八九五年的《俄罗斯思想》杂志。俄国剧场导演梅耶荷德曾对这篇小说大表赞赏。阿里阿德涅（Ariadne）最早的形象出自希腊神话，她是克里特岛米诺斯国王的女儿，用线团协助忒修斯走出牛头怪的迷宫。

2 敖德萨、塞瓦斯托堡各位于克里米亚半岛的东南岸、西南岸。

3 沃洛奇斯克（Volochisk），位于乌克兰西部铁路沿线的城市。

会儿拿馅饼一会儿拿柳橙，忙着送到女士车厢那边。

天气潮湿，船身有点摇晃，女士们都回到自己的舱房休息。这位圆胡子先生坐到我旁边，继续说道：

“对，当俄国人聚在一起，尽只谈些崇高的议题和女人。我们是多么智识非凡，多么了不起，才讲得出一些真道理，而我们能够讨论的也只有高级的问题。俄国的演员不会搞笑，连笑闹剧也要深思熟虑地演，这就是我们——甚至有时候不得不谈到生活琐事，我们仍一概以崇高的观点来大发议论。这是不敢勇于面对、不真诚又机巧的。我们之所以这么常谈女人，我觉得是因为我们不满足。我们太过理想化地看待女人，提出远超过她们能力可及的要求，所以我们得到的远非我们所期待的，结果当然不满足、希望破灭、心灵伤痛，而越是受伤就越想要谈论女人。继续谈这个话题您不会觉得无聊吗？”

“不，一点都不。”

“既然这样，请容我自我介绍，”我的同伴稍稍起身说，“伊凡·伊利奇·沙莫兴，从某些方面来看算是莫斯科地主……而您是谁我可是相当清楚了。”

他坐下，和蔼诚恳地看着我的脸说：

“像这样反复谈论女人，在某些二流哲学家的眼里，例如马克斯·诺尔道[1]可能会用色情狂的观点来诠释，或者说因为我们都是农奴地主的关系之类的，我则是用另一个角度来看待这件事。我再说一次：我们不满足，因为我们是理想主义者。我们无非就是希望，孕育我们和我们子孙的女性，比我们和世上一切都要崇高。当我们年轻时，我们会美化、盲目崇拜我们所爱的人，爱情与幸福对我们而言是同义词。在俄罗斯，我们的婚姻若非以爱结合是会被蔑视的，感官之爱是可笑的，并使人厌恶，有些小说之所以获得最大的成功，无非是里面把女人写得美丽、诗意又崇高。如果说俄国人长久以来赞叹拉斐尔的圣母形象，或关心女性解放，那我向您保证，这是一点都不假的。然而，悲哀也正在这里。我们才刚和女人结婚或交往，过了两三年，我们便已经觉得失望受骗，一旦再和其他女人交往，得到的还是失望和惊恐，最终我们确信，女人爱撒谎、斤斤计较、追求虚幻的名利、没是非、思想不成熟、残酷。总归来说，她们不仅没有高于我们，甚至远远低于我们男性到难以估量的地步。于是不满足、被欺骗的我们，除了抱怨，便说些我们是如此残酷地被蒙骗之类的话，此外就没有其他任何办法了。”

当沙莫兴说话时，我注意到，能在俄罗斯境内说俄国话让他相当心满意足，这大概是因为他在国外太过思念故乡的缘故。他

1　马克斯·诺尔道（Max Nordau，1849—1923），匈牙利作家、社会评论家、犹太复国主义组织领导人，著有《退化》等书。

赞美俄国人并认为俄国人有难能可贵的理想主义，同时并没有恶意批评外国人，这点他人还算不错。然而他心底的闷闷不乐也很明显，与其谈女人，他或许更想谈谈自己本身，不避讳想让我听一些像是忏悔的冗长故事。

的确，在我们点了一瓶葡萄酒干了一杯后，他开始说：

“记不记得，在维里特曼[1]的某篇小说里，有谁这么说过：‘故事就是这样！’而另一位回答：‘不，这不是整个故事，而只是故事的序幕。’我至今所说的也是如此，只是序幕，我其实想要告诉您我自己最近一次的爱情故事。对不起，我还要问一次：您听这些不觉得无聊吗？”

我说不无聊，他便接着说：

“事情发生在莫斯科省，在一个北边的县里面。我得告诉您，那里的大自然真是令人惊叹。我们的庄园位于湍流岸边的高地上，就是所谓的急水之地，日夜河水喧嚣。您想象一下，广阔的古老花园、宜人的花圃、养蜂场、菜园，下面的水岸边有一片繁茂的柳树林，在大露时分看似有点朦胧发毛，仿佛枝头斑白，而对岸草地后面的小土丘上，有一片可怕漆黑的针叶林，林子里面生长着若隐若现的松乳菇，密林之中还有驼鹿出没。我以后要是

1　维里特曼（Alexander Weltman，1800—1870），俄国作家、考古学家，俄国侦探推理类型小说先驱，著有多部历史及幻想类型小说，包括俄国的第一部乌托邦小说《3448 年》。

死了，人们把我装进棺材里，您可知道，我仿佛还会梦见这里阳光刺眼的清晨，或是奇妙的春天夜晚花园里里外外的夜莺和长脚秧鸡合鸣高歌，加上从村子传来的手风琴声、家里的钢琴声、河水的喧嚣——总结一句话，这般的天籁之音，令人不由自主地想大哭一场又想放声欢唱。我们的耕地不大，但是从草地和林地的收获能带给我们一年大约两千卢布的收入。我是父亲的独生子，我们都是节俭的人，这些钱加上父亲的退休金，完全够用。大学毕业后的头三年我在乡下度过，管理家产，一直等着地方选举中我有被选到哪里去当差的机会，但主要是，我深深爱上了一位不平凡又美丽迷人的女孩子。她是我邻居地主的妹妹，这个地主科特洛维奇是个没落的贵族，他的财产就是那些菠萝、顶不错的桃子、避雷针和院子里的喷泉，手头上却没什么钱。他无所事事，也百无一能，整个人萎靡不振，简直像是炖烂的萝卜做成的。他用顺势疗法医治乡民，沉迷招魂术。他这个人，可以说也算客气、温和、不笨，但我对这种跟鬼魂交谈、用催眠术医治村妇的人可没兴趣。首先，智力上受限的人理解力总是很乱，跟他们谈话很累；其次，他们通常谁也不爱，不和女人一起生活，思绪敏锐的人对这种神秘兮兮的生活方式不会有好感。还有他的外表我不喜欢。他个头高，白白胖胖，头却小，小眼睛闪亮亮的，手指白皙柔软。握手的时候不像是在握手，而是在搓揉您的手。总是在道歉，求人的时候说对不起，给人东西的时候也说对不起。说到他的妹妹，从脸蛋上看来还真是两码子戏。必须提醒您，我在童年和青少年时期并不认识科特洛维奇一家，因为我父亲在偏远的某地当教授，我们长期住在外省，我认识他们的时候，这个女孩已经二十有二了，早已从贵族女子中学毕业，住过莫斯科两三年，在那儿她的有钱阿姨已经带她进社交圈打滚了。当我与她相识初次交谈时，她那罕见的美丽名字‘阿里阿德涅’立刻教我惊艳。这名字真是配她！她是个黑发小姐，纤瘦苗条，曲线灵巧，婀娜多姿，脸蛋的轮廓雅致且高尚无比。她也有一双闪亮的眼眸，不同于她哥哥闪亮得如冰糖般冷而甜腻，她的眼神则是闪耀着美丽和骄傲的青春。与她相识第一天，我便被她征服了——其实也不可能会有其他结果。第一印象是多么强而有力，至今我仍无法忘怀那个倩影，我一直在想，大自然创造这个女孩子的时候，一定有某种令人难以想象的用意。阿里阿德涅的声音、脚步、帽子，甚至她在沙滩上钓鱼时踩过的足迹，都勾起我的喜悦以及对生活的热烈渴望。我是依照美丽的脸蛋和外表来评断一个人的心灵状态的，阿里阿德涅的每一句话、每一抹微笑，都令人赞叹，博得我的好感，我估量她必有一个高尚的心灵。她很温柔，爱说话，快乐，待人直率，信仰上帝带着诗意，连谈论死亡也带着诗意，她的心灵气质真是千变万化，她甚至能把自己的缺点转化成某种另类可爱的特质。比如说，她想要一匹新马，但没有钱——嘿，有什么大不了的？可以卖掉什么或典当什么东西吧，如果管家对天发誓说什么都不能卖，什么都不能当，那么她会说可以拆掉厢房的铁皮屋顶搬到工厂换钱，或者在最忙碌的时候把工作用马赶到市集去便宜变现也好。这些无边无际的欲望常常让整个庄园都没辙，但她又是那么优雅地表达这些欲望，最终弄得大家也都原谅她、容忍她，把她侍奉成女神或恺撒的妻子一样。我对她的爱是很感动人的，大家很快都注意到了，无论是我的父亲、邻居或农民，所有人都同情我。偶尔我请工人喝伏特加，他们便会向我点头致意并说：'但愿老天让您娶到科特洛维奇家的小姐。'

“阿里阿德涅自己也知道我爱她。她经常骑马或乘轻便二轮马车来我们家，有时候会整天陪着我和我父亲。她和我们家那位老先生合得来，他甚至还教她骑脚踏车——这是他最爱的消遣。我记得有一天晚上，他们准备要骑脚踏车，我帮她扶上坐垫，这一瞬间她是多么美好，我感觉两手一触到她便仿佛发烫起来，我狂喜得发抖。当老先生和她两人姿态优美地并排骑在公路上，迎面而来的是管家骑在一匹黑马上，它立刻闪到一旁，这让我觉得，马儿闪躲是因为它同样被这美丽所震慑了。我的爱、我的崇拜触动了阿里阿德涅的心，使她深受感动，她也非常想要成为像我这样为爱着魔的人，再以爱来回应我。这可是多么诗意啊！

“然而，要像我一样真正去爱，她无法做到，因为她冷漠，而且也被宠坏了。她心中早有个恶魔，日日夜夜在她耳边细语，说她迷人又美妙，而她搞不清楚为什么她被创造得如此特别，为何她被赋予生命，她只会想象自己的未来非富即贵，幻想着大型舞会、赛马、仆役围绕、华丽的客厅、自己的沙龙，以及一群伯爵、公爵、外交公使、著名艺术家与演员，所有人崇拜她、赞叹她的美和装扮……这种对权势和个人成功的渴求，这些漫无止境只朝一个目标前进的念头，往往使人变得冷漠，阿里阿德涅就这样变得冷漠了：不只对我，还对外在环境，对音乐也是。随着时光流逝，她还是没等到公侯使节出现。阿里阿德涅仍然跟沉迷招魂术的哥哥住在一起，情况越来越糟，她已经连给自己买衣服、帽子的钱都拿不出来，落得必须狡辩、闪烁其词来掩饰自己的穷困。

“命运好像故意跟她作对似的，她还住在莫斯科阿姨家时，有某个叫马克图耶夫的公爵向她求婚，这人是有钱，却是个一点都没用的人。她断然拒绝了他。至今懊悔不安的感觉像虫子一样啃得她难受：当时干吗要拒绝。不如就像我们的农民，一脸厌恶地把杯子里克瓦斯[1]上浮着的蟑螂给吹掉，再喝下去就得了——她就是这么嫌恶地皱眉回想那位公爵，但终究又对我说：‘再怎么说，头衔里还是有一些无法解释的迷人的东西……’

“她梦想着头衔与奢华的生活，可是又不想要放掉我。然而无论怎么梦想达官贵人，人的心可不是石头，会遗憾自己的青春。因此阿里阿德涅尽可能地去谈恋爱，假装爱，甚至发誓说爱

1　克瓦斯（kbac），一种俄罗斯传统发酵饮料，含 1% 左右的微量酒精，但算非酒精饮料，由干面包或麦芽汁、酵母、糖酿制，可加入水果或香草等调味。

我。而我是个神经敏感的人，当我被人爱着，哪怕身在远方，无须保证和誓言，我都能感觉得到，这当下我却只感到漫着一股冷淡，还有当她对我谈情说爱时，我感觉听到的是机器做的夜莺在歌唱。阿里阿德涅也觉得自己不够积极，她懊恼，我不止一次看到她在哭泣。有这么一次，您可以想象一下，她突然就蹦过来抱我亲我——这事发生在晚上的岸边。我看出她的眼睛里面没有爱我的意思，抱我只不过是出自好奇，想要试探自己罢了:就是说，看看这样会有什么结果。但这却让我感到惊恐。我抓住她的手，绝望地说：‘这些没有爱的爱抚使我痛苦！’

“‘您真是……怪人！’她语带不快地说完便走开。

“非常可能，再过个两年，我有可能会娶她为妻，然后故事就这么结束，可是命运却恣意将我们的罗曼史导向另一条路上。事情是这样的，在我们的生活中出现了一个新面孔。阿里阿德涅她哥哥的大学同学米哈伊尔·伊凡内奇·卢伯科夫来他们家做客，他是个可爱的人，照马车夫和仆役的说法是：‘怪有趣的先生！’这个人中等身材，瘦得不得了，秃头，脸蛋一如和善的布尔乔亚那般称不上漂亮，但还算体面，苍白的面容下留着两撇粗硬但修剪合宜的小胡子，脖子上有鹅皮般的小凸疹和大喉结。他戴的夹鼻眼镜系着宽大的黑色带子，说话时咬字不清，‘乐’‘热’不分。他总是很快乐，任何事情对他来说都很好笑。他二十岁的时候傻里傻气结了婚，得到女方作为嫁妆的两栋房子，靠近莫斯科的少女地[1]，做了整修和增建澡堂，后来他彻底破产了，现在他的老婆和四个小孩住在‘东方旅舍’，忍受贫困的生活，而他还得供养他们——这点他觉得可笑。他现在三十六岁，老婆已经四十二——这点他也觉得可笑。他的母亲，高傲自大，自以为是贵族大人物，她看不起他的老婆，因此与一群猫狗住在一起，他每个月得单独给母亲七十五卢布。他自己倒是个有品位的人，喜欢在‘斯拉夫市集饭店’用早餐,在‘艾尔米塔什饭店’用午餐，开销很大，可是他叔叔一年才供他两千卢布，这是不够用的，所以他得成天在莫斯科奔波，像俗话说的，伸着舌头跑得喘不过气，到处找哪里可以暂时借点钱——这点也很可笑。他到科特洛维奇家来，说是要投入大自然的怀抱休憩一番，好避开家庭生活的羁绊。中餐、晚餐和散步时，他告诉了我们关于他的妻子、母亲，还有债主们、法院官员的事情，嘲笑他们，他也笑自己，还声称多亏了他能够四处去借钱，才因此结识了不少好朋友。他笑个不停，我们也笑了开来。有他在，我们的生活开始过得很不一样。我是比较喜欢宁静的生活，也就是说田园式的惬意：喜爱钓鱼、晚上散步、采蘑菇；卢伯科夫则偏爱野餐、放鞭炮、带猎犬打猎。

1 少女地，历史地名，位于莫斯科市区西南方莫斯科河的袋形河湾内，现今的哈莫夫尼基区中央；南方不远处有一座著名的新少女修道院墓园，许多名人安葬于此，包括作家契诃夫。少女地的名称由来众说纷纭，一个有意思的说法是，这里是蒙古统治时期汗王特使来选俄国少女带去汗国后宫的地方——从这个角度看少女地出现在文本该段中，会有一种幽微嘲讽的感受。

他一周有三次要忙着张罗野餐，阿里阿德涅便一脸认真又灵感澎湃的样子，在便条上写下牡蛎、香槟、糖果，然后派我去莫斯科采买，当然不会问我是否有钱。在野餐时，他起哄笑闹，举杯致祝酒词，又再谈些生活上的欢笑小故事，像是妻子多么老、他母亲的狗多么油肥、债主们多么可爱……

“卢伯科夫喜爱大自然，但只把大自然看作是理所当然的东西，认为它实际上的价值远低于他这个人，大自然之所以被创造不过是供他满足而已。偶尔，他停在某个壮观的风景前面会说：‘若能在这里喝点小茶是蛮好！’有一次，他看见阿里阿德涅远远撑伞走着，便用头指一指她说：‘她瘦，这是我喜欢的类型。我不爱胖的。’

“这使我感到厌恶。我要求他别用这种方式跟我谈女人。他讶异地望着我说：‘我说我爱瘦的不爱胖的，这有什么不好的？’

“我无言以对。之后，他好像非常好意，也带点醉意的时候说：‘我注意到，阿里阿德涅喜欢您。我很惊讶您为何只是呆呆观望不行动。’

“这些话让我变得尴尬，我不好意思地向他解释了我对爱情和女人的观点。

“‘我搞不懂，’他叹气，‘我认为，女人就是女人，男人就是男人。就算阿里阿德涅如您所说是诗意又高尚的，这不表示，她就该超脱于自然法则之外。您自己看看吧，她已经到了该有男人或情夫的年纪了。我尊重女性不亚于您，但我想，一般所认知的男女关系并不会不诗意。更何况诗意是一回事，情夫又是一回事。就像经营农业一样：自然的美是一回事，林地田产收入又是一回事。'

"当我和阿里阿德涅钓鱼时，卢伯科夫躺在一旁的沙滩上，开我玩笑或教我如何过生活。

"'我很惊讶，先生，您怎能不浪漫点过生活！'他说，'您年轻俊美又有趣，一句话，是个大好男人，却过着修道士般的生活。啊，在我看来，您像是二十八岁的老头子！我比您年长将近十岁，但我们谁比较年轻？阿里阿德涅，谁？'

"'当然是您。'阿里阿德涅回答他。

"当他厌烦了我们的沉默，而我们都只注意看着浮标，他便走开进屋里去。这时她望着我生气地说：

"'事实上，您不是男人，您只是某种……老天原谅，一团烂稀饭。男人应该要迷恋、狂妄行事、犯错、受苦！女人会原谅您的粗鲁放肆，但是永远不会原谅您这种畏首畏尾。'

"她确实生气了，继续说：

"'如果要成功，就得果断、勇敢点。卢伯科夫没您那么俊美，但是他比您风趣，他总能成功赢得女人的心，因为他不像您，他是个男人……'

"她的声音听来甚至透着某种冷酷。后来，有一次在晚餐时，她没看我，开始说：如果她是男人的话，才不会待在乡下闷得发酸，她会出去旅行，冬天住在国外什么地方都好，例如意大利。啊，意大利！这时我父亲不由自主地火上加油。他讲了好久的意大利，说那里有多好，多么奇特优美的大自然，多么棒的博物馆！阿里阿德涅一下子燃起要去意大利的欲望。她甚至用拳头敲一下桌子，眼神闪耀着：要去！

“之后这个话题延续着，能去意大利该有多好——啊，意大利，又啊又呀的——每天这样赞叹。当阿里阿德涅的眼神越过肩膀侧瞄着我，我从她这冷淡倔强的表情中看出，在她的幻想中她已经征服了意大利，那里的所有沙龙、外国的显贵名人和游客皆拜倒于她，已经不可能制止她了。我建议再等一下子，把旅行延后个两年，但她嫌恶地皱眉说：

“‘您谨慎得像个老太婆似的。’

“卢伯科夫是赞成旅行的。他说这趟旅行花费非常便宜，他很乐意去意大利，在那里一样可以远离家庭生活的纠缠喘口气。我呢，得认错，自己行事天真，像个中学生似的。我心底有一种不寻常的奇怪预感，这可不是出于忌妒，我竭尽所能不让他们两人在一起，但他们偏要开我玩笑。例如，当我走进来，他们就假装刚刚在亲吻之类的。

“然而，在一个晴朗的早晨，她那位白白胖胖、沉迷招魂术的哥哥来找我，示意想要跟我单独说话。这是个意志不坚的人，尽管受过教育、礼貌周到，但如果别人的信件就放在他桌上、摆在他面前的话，他无论如何都忍不住不去看。这时候他对我承认，他意外看了卢伯科夫给阿里阿德涅的信。

"'从这封信我得知，她很快就要出国了。我亲爱的朋友，我担心得不得了！看在老天的分上，您跟我解释一下吧，我怎么都搞不懂！'

"当他说到这里，重重呼吸，把气直接呼到我脸上，他嘴里传来一股炖牛肉的味道。

"'对不起，我把这封信的秘密告诉您了，'他继续说，'但您是阿里阿德涅的朋友，她尊重您！很可能，您知道些什么事情。她想要离开，可是和谁呢？卢伯科夫先生准备要和她去。对不起，从卢伯科夫的情况来看这也很怪。他是已婚的人，有孩子，却又在信中表白爱意，用'你'来昵称阿里阿德涅。对不起，这实在太怪了！'

"我发冷了起来，手脚麻木，我感到胸口疼，仿佛里面被塞了一块三角石头般刺着我。科特洛维奇疲惫不堪地往扶手椅躺下，他的手像是蔓藤似的垂下。

"'我还能做什么呢？'我问。

"'开导她，说服她……您评评理：卢伯科夫对她来说算什么？他配得上她吗？啊，老天，这真是恐怖，真是恐怖！'他抱着自己的头继续说，'她有那么好的结婚对象，像马克图耶夫公爵，还有……其他人，等等。公爵热爱着她，还有不久前，就在上礼拜三，他过世的爷爷伊拉里翁肯定地说，像二二得四一样肯定，阿里阿德涅会当他的媳妇。肯定错不了！伊拉里翁爷爷虽然已经死了，但他是个绝顶聪明的人。我们每天都召唤他的灵魂。'

"听过这些话后我整夜不能安眠，想要一枪把自己打死算了。早晨我写了五封信，又全都撕成碎片，然后我在仓房大哭，之后我拿了父亲的钱没说声再见就往高加索去。

"当然，女人就是女人，男人就是男人，可是在我们这个时代，难道一切仍如《圣经》里提到大洪水之前的时代那么简单，难道我一个文明人，拥有复杂的心灵机制，就应该要解释自己酷爱女人，是因为她们拥有那副和我不一样的肉体形态吗？啊，这样的话就太恐怖了！我宁愿这样想，就是与大自然抗争的人类天才同样也与肉体情欲抗争，如临大敌一般，假使人类真的克服不了肉欲，终究还是可以用友情和爱情的幻影假象来把持住；至少对我来说，这不单单是动物性生理机制的反应，像狗或青蛙那样，而还有真正的爱情，因此我的每一个拥抱，都充满了出自对女性纯真的热情和尊敬的崇高精神。事实上，几世纪数百代的人对应该压抑动物性本能早已反复教育过，我的血液里也承袭了这点，并蕴含在我身心之中。假如说，我现在是在美化爱情，那么这在我们这个时代不正是自然而必要的吗？这不就跟我的耳朵不会扇动、我的身体没披毛是一样的道理？我觉得，大部分的文明人会这么想，是因为现在的爱情缺乏道德和理想的成分，被鄙视成有如返祖现象，据说，这是退化和许多狂癫病症的征兆了。没错，美化爱情的同时，我们会假装我们所爱的人拥有许多优点，但实际上这些优点往往并不存在，唉，这便是我们不断犯错和受苦的根源。但我认为这样已经比以前好了，就这样下去吧，受苦也好过安慰自己说‘女人就是女人，男人就是男人’。

“我在高加索的梯弗里斯[1]收到父亲的来信。他写道阿里阿德涅在某日出国，想在国外过冬。一个月之后我回到家，已经是秋天了。阿里阿德涅每个星期给我父亲写信，用芬芳的信纸，信的内容非常有意思，用极佳的文雅语言写成。我是那种会觉得每个女人都能当作家的人。阿里阿德涅描写得相当详细，她写她多么不容易才和阿姨和解，并向她要了一千卢布作旅费，以及她花了很长的时间在莫斯科寻找一位远亲老太太，为了要说服她同行出游。这般浮滥的细节显然是编故事编得离谱了，我很清楚，她身边当然没有任何女性旅伴。稍后，我自己也收到她的来信，同样芬芳而文雅。她写说她思念我，思念我那俊美聪敏并流露出恋爱的眼眸，她善意地责备我，说我糟蹋自己的青春，说我从前闷在乡下发酸，如果现在能够像她一样该多好，住在天堂里，在棕榈树周围，呼吸着柑橘树散发的芳香。她这么署名：‘被您抛弃的

1　梯弗里斯（Tiflis），旧俄文地名，现名为第比利斯（Tbilisi），格鲁吉亚的首都。

阿里阿德涅’。之后过了两天，另一封信也是那种腔调，署名是：‘被您遗忘的’。我满脑子痛苦。我深情地爱着她，每天夜晚梦见她，而这些信里却说‘被您抛弃的’‘被您遗忘的’——这是为何？为了什么？——再加上乡下的枯燥、漫长的夜晚、关于卢伯科夫无止境的胡思乱想……情况的不明朗使我痛苦，日日夜夜荼毒我，终究让我无法承受。我受不了，决定去找她。

“阿里阿德涅叫我去阿巴齐亚[1]会面。我在一个晴朗温暖的日子抵达，刚下过雨，树梢还挂着雨滴，我到了一栋壮观得像军队营舍的酒店别馆[2]，就是阿里阿德涅和卢伯科夫住的那栋。他们不在，我便往附近的公园去，在林荫道上漫步，然后找地方坐下来。走过来一位奥地利将军，两手背在后面，穿着跟我们将军一样的缝有红色条饰的军裤；有人推着婴儿车，车轮碾过潮湿的沙地发出刺耳声响；走过一位面貌衰老的先生，看来有黄疸病；其他，还有一群英国女人、波兰天主教教士，之后又有一位奥地利将军。有一支刚从阜姆市[3]抵达的军乐队，乐手们带着亮晶晶的管乐器拖着沉重步伐慢慢走向亭子，音乐声随之响起。您曾经

1 阿巴齐亚（旧时意大利地名 Abbazia，现今克罗地亚奥帕蒂亚），位于克罗地亚西境、邻亚得里亚海克瓦内尔湾的小镇、旅游名胜，十九世纪末豪华旅馆林立，当时的奥地利皇族与贵族喜爱来此地休憩。

2 原文为法文。

3 阜姆（旧时意大利地名 Fiume，现今克罗地亚里耶卡），亚得里亚海克瓦内尔湾的海港城市，克罗地亚第三大城，位于阿巴齐亚的东边，两地隔海相望。

什么时候来过阿巴齐亚吗？这是一座肮脏的斯拉夫人小镇，只有一条街道，脏得发臭，下雨过后不穿橡胶鞋套就无法行走。由于我太多次在信中读到关于这个人间天堂的情况，每次都感动不已，等我后来亲身经历了——无论是我卷起裤管小心翼翼穿过狭窄的街道，出于无聊向老太太买了几颗硬邦邦的梨子，她一知道我是俄国人，便用粗陋的俄语说‘四’‘二十’，或者是我困惑地自问，我到底要走到哪里，我在这里做什么？又或是当我不断遇到俄国人，想到他们像我一样是被蒙骗过来的——这才让我感到懊恼和羞愧。这里有一个宁静的小海湾，里面驶着轮船和挂着五颜六色风帆的小船。从这里看得到阜姆和远方的岛屿，披覆着淡青色的雾，如果面海湾的景观没有被酒店旅馆和附属的别馆挡住视线的话，风景可如画般美妙。贪婪的小商人盖满了这些荒唐庸俗的建筑物，遮住整片青葱的海岸，除了窗户、露台以及摆着白色小桌和站着黑色燕尾服侍者的小广场外，您在大部分的地方是无缘看到天堂的。这里有公园，就是您现今可以在任何国外疗养胜地找得到的那种。暗沉又悄然无声的棕榈绿地、林荫道的亮黄色沙滩、亮绿色的长凳、喧闹的军乐喇叭的闪光，以及将军军裤上的红色条饰——这一切看十分钟就厌烦了。然而与此同时，您还是不知道为何非得在这里住上十天，十个礼拜！每每不得已要去这些名胜游玩，让我更确信，那些衣食无缺的有钱人生活过得多么糟糕又贫乏，他们的想象力多么枯竭微弱，他们的品位和想法多么没创意。反观另一些没有钱住大旅馆的游客，不知道要比他们幸福多少倍，这些人无论年纪大小都不会在意非要住哪儿不可，而是会去高山上欣赏海景、躺在翠绿草坪上、赤脚走路、到森林和乡村附近到处看看、观察当地的风俗、听当地的歌谣、爱上当地的女人……

“天色开始变暗，我还坐在公园，昏暗中我的阿里阿德涅出现了，她气质优雅，打扮得漂漂亮亮，像个公主似的，在她后面跟着卢伯科夫，穿着全新的宽松衣服，大概是在维也纳买的。

“‘您是在气什么？’他对她说，‘我哪里惹了您？’

“她一见到我就高兴得大叫，如果不是在公园里的话，或许，她会冲过来搂我的脖子。她紧紧握住我的手笑着，我也笑着，情绪激昂得差点没哭出来。她开始连番发问：乡下如何，我父亲还好吗，我是否看见她哥哥，等等。她要求我看着她的眼睛，问我，是否还记得钓鱼、野餐，以及我们的小争吵……

“‘事实上，那时候的一切还挺不错，’她叹息，‘可是我们在这里过得也不无聊。我们有很多朋友，我亲爱的，我的大好人！明天我带您认识这里的一个俄国家庭。只是，请您给自己另外买一顶帽子吧。’她望着我皱眉说。‘阿巴齐亚不是乡下，’她说，‘这里应该穿得像样点。’

“之后，我们去餐厅。阿里阿德涅总是笑个不停，跟我闹着玩，叫我亲爱的、美好的、聪明的，好像她自己的眼睛无法相信我已经在这里陪她。我们就这样一直坐到十一点，离开的时候我们对晚餐和彼此都非常满意。隔天，阿里阿德涅把我介绍给此地的俄国家庭：‘这是一位知名教授的儿子，我们庄园的邻居。’她和这个家庭的人都在谈地产和农作收获，而且其间常常引用我的话来印证。她想要让人看起来是个很富有的女地主，说真的，她无往不利。她应对举止超凡，就像个真正的贵族，可她确实本来就是出身贵族。

“‘但我那个阿姨还真是的！’她突然说，微笑看着我，‘我跟她只是吵了几句，她就去梅兰[1]了。什么阿姨嘛！’

“之后我们在公园散步时，我问：‘您刚刚是在说什么阿姨？哪还有什么阿姨？’

“‘这是救急的谎言嘛，’阿里阿德涅笑开来，‘他们不需要知道我路上没有女性旅伴。’她沉默了一下子，倚向我说，‘我亲爱的，可爱的，您跟卢伯科夫和好吧！他是那么的不幸！他的母亲和妻子简直太可怕了。’

“她称卢伯科夫用‘您’，睡觉时与他道别也跟对我一样用‘明天见’，他们住在不同的楼层——这给了我希望，一切都是胡说八道，他们之间才没有任何暧昧关系，因此后来我遇到他的时候感觉轻松多了。他有一次向我要求借三百卢布，我满是乐意

1　意大利的梅拉诺（Merano），温泉小镇。

地给了他。

“我们每天闲逛，都只是闲逛。一会儿在公园走走，一会儿吃吃喝喝。每天跟那俄国家庭聊天。我渐渐习惯这样的生活，如果我去公园，那就必然会遇到黄疸症的老头、波兰天主教教士，还有那位奥地利将军，他总带着一副小纸牌在身上，只要能有地方坐下来，他会摊开纸牌卜卦，紧张地抖着肩膀。那里的音乐声依旧一成不变。在乡下家里的时候，我在工作日和同伴去野餐或钓鱼的话便会对农民感到惭愧，我在这里也一样，会对仆役、马车夫、遇到的工人感到惭愧；我觉得他们望着我的时候心里会想：‘为什么你什么事都不用做？’这样的惭愧我每天从早到晚都感受到。这些单调的日子让人觉得怪异又不愉快，不一样的恐怕只有当卢伯科夫跟我借钱的时候，有时一百盾[1]，有时五十，他拿到钱一下子便活了过来，就像吗啡成瘾者拿到吗啡一样，开始喧闹地嘲笑妻子、笑自己或债主。

“之后，雨下了一阵子，天气变冷。我们就去意大利，我发电报给父亲，要他看在上帝的分上，给我汇八百卢布到罗马。我们在威尼斯、博洛尼亚、佛罗伦萨停留，在每个城市必定住进昂贵的旅馆，住在这种地方在灯、仆役、暖气，还有早餐的面包，以及不必挤在公共大厅吃午餐等各方面，我们都要被敲上一笔笔额

1　盾（gulden），原意为金币，在十九世纪是某些欧洲国家的货币单位。

外的费用。我们吃得多到可怕。早上给我们送来咖啡套餐[1]。中午一点吃的是：肉、鱼、某种蛋卷、奶酪、水果和葡萄酒。六点用的大餐有八道菜，每道菜之间有很长的间隔，这时候我们喝啤酒和葡萄酒。九点喝茶。午夜之前,阿里阿德涅对我说,她想吃东西，就点了火腿、溏心蛋。我们便跟着她一起吃。在两餐之间我们跑去博物馆或看展览，总在想不要耽误了下次用餐时间。我在画像前面发愁了起来，我疲惫不已想回家躺下，眼睛寻找椅子，但嘴巴上却假惺惺地不断重复说着：'真是美极了！多么有气氛！'我们像是饱足的蟒蛇，只注意闪亮的东西，商店的展示窗催眠了我们，我们赞叹着假的胸针，买了一大堆不需要又毫无用处的东西。

"待在罗马时也一样。这里下着雨，刮着冷风。用过油腻的早餐后，我们去参观圣彼得大教堂，大概是我们吃太饱的缘故，也或许是天气太差的关系，教堂没给我们留下任何印象，我们因此还责怪彼此对艺术的漠然，差点没吵起来。

"父亲的汇款来了。我前去领款，我记得那天是早上。卢伯科夫跟着我一起去。

"'一旦有了一段沧桑的过去，现在便不可能幸福完美了，'他说，'我肩膀上背负着一段沉重的过往。要是有钱的话，一切就没什么大不了，但实际上却穷得什么都拿不出来了……您相不

1　原文为法文。

相信，我身上只剩下八法郎，’他继续说，音量放低，‘同时我还得寄给妻子一百卢布，也要给母亲一样多的钱。这里也要过生活啊。阿里阿德涅真是个小孩子，她都不想想别人的处境，尽是挥霍开销，像个公爵夫人似的。她昨天是为了什么要买手表？还有，您说说看，为什么我们要继续假扮听话的好孩子？要知道，她和我为了要隐瞒旅馆服务生和我们熟识的人，我们一天得多付十到十五法郎，来让我另外开一间房住。为什么？’

“那块尖锐的石头再度在我的胸口翻转。对我来说情况已经明朗，不再暧昧不清了，我整个人发冷，立刻下了决定：不想再见到他们两人，逃离他们，马上回家……

“‘跟女人交往很简单，’卢伯科夫继续说，‘但只值得脱光她们的衣服，之后的一切就很累人，真是无意义！’

“当我数着收到的汇款，他说：‘如果您不借一千法郎给我，那我就该去死了。您的这些钱是我唯一的救命希望。’

“我给了他，他立刻精神大振，开始嘲笑自己的叔叔，说那个怪叔叔没能保住秘密，泄露了他的地址给他老婆。回到旅馆，我收拾好行李去退房付账。只剩下要跟阿里阿德涅道别。

“我敲了她的房门。

“‘请进！’[1]

1　原文为法文。

“她的房间仍是一片早晨的杂乱——桌上的茶具、没有吃完的小面包、蛋壳，以及强烈得要掐死人的香水味。床铺没整理，明显看得出，上面曾睡过两个人。阿里阿德涅自己才起床没多久，现在还穿着法兰绒上衣，头发没梳。

“我打了招呼，之后默默坐着好一阵子，等她尽量整理好头发，我全身颤抖地问：

“‘为什么……为了什么您要把我叫出国来这里？’

“显然她猜到了我心里想的，便抓住我的手说：

“‘我就是想要您在这里。您是那么纯洁！’

“我为我的紧张和颤抖感到羞愧。再下去我恐怕会突然痛哭失声！我走了出去，不再多说一句话，一个钟头后我已经坐上火车。一路上我莫名想象着阿里阿德涅怀孕了，让我感到讨厌，我在火车上和车站看到的所有女人,都让我觉得她们莫名地怀孕了，都让我讨厌，让我可怜。我那时的处境，就好像一个贪婪死爱钱的人忽然发现他所有的金币都是伪币。我内心长久以来怀着种种纯洁美妙的形象，其实是被爱意加温而生出的想象，这些再加上我的人生规划、希望、回忆，以及我对爱情和女人的看法，一切的一切如今都在嘲笑我，向我吐舌头。阿里阿德涅——我惊恐自问——这个年轻绝美又有知识的女孩，还是参政员[1]的女儿，怎

1　帝俄时期行政与立法高级机关参政院的成员。

么会与这般平庸无趣的鄙俗之人混在一起？可是她为什么不能去爱卢伯科夫？我自问自答。他哪里比我差？唉，就让她去爱吧，爱谁都好，但是为何要欺骗我？可她又凭什么该要对我坦白？大致就是诸如此类的问题搞得我脑袋发昏。火车车厢里很冷。我是搭乘头等车厢，那里却有三位乘客挤在一张沙发座上，没有装御寒的双层玻璃窗，外门直接开向二等车厢——我觉得自己好像上了脚镣，感到被勒紧、被遗弃、可怜，双脚冷得不得了，同时又常常想起，她今天头发放下来配上那件衣裳显得多么迷人，一种强烈的忌妒感突然勾住我，我心痛得跳起来，我的邻座望着我，脸上惊讶的表情甚至带点害怕。

“回到家的时候刚好碰上零下二十度的寒流，大雪成堆。我爱冬天，我爱是因为这个时候待在家，甚至在大寒流的时候也让我感到特别温暖。无论是在寒冷的晴天穿上毛皮短大衣和毛毡靴到花园或庭院里做点事情，或者在自己暖烘烘的房间里读书，或在父亲书房的壁炉前面坐一坐，或在我们那里的乡下澡堂洗澡，都令人愉快……不过如果母亲、姊妹或小孩子们都不在家的话，那么冬夜好像就有点让人受不了，这样的夜晚会显得格外漫长而寂静。而且家里越是温暖舒适，这样的空虚感就越强烈。在我回国后的那个冬天，夜晚漫漫长长，我烦闷不已，烦闷到甚至无法好好阅读。白天还可以东晃西晃，清清花园里的积雪，喂喂母鸡或小牛，晚上的话——就没得混了。

“以前我不爱访客，现在我觉得有客人来很高兴，因为我知道一定会有人谈到阿里阿德涅的事情。沉迷招魂术的科特洛维奇经常来访，为了要来谈谈他的妹妹，有时候会带他的朋友马克图耶夫公爵一起来。这个人爱阿里阿德涅的程度不亚于我，他坐在阿里阿德涅的房间，有节奏地敲弄着她的钢琴键盘，看着她的乐谱——这对公爵来说已经是生活上的需要，不这样他日子就过不下去，而伊拉里翁老爷爷的灵魂继续预言：她早晚会当他的媳妇。公爵通常在我们家坐很久，大概从早餐到午夜，都沉默不说话。他默默地喝掉两三瓶啤酒，只有很少的情况，为了要证明他也参与了对话，而发出一种断断续续带点悲伤又有点傻气的笑。在他要回家之前，总是拉我到一旁低声说：

“‘您最后一次是什么时候看到阿里阿德涅？她还健康吗？我想，她在那里不无聊吗？’

“春天来临了。在这个丘鹬的求偶季节，该去打猎，然后播春麦和牧草。我依然忧郁，只是已经染上春天的气息：想要与失去的一切和解。我在田地里工作，听着云雀鸣叫，问自己：怎么不干脆抛开个人幸福的问题，难道我没想过跟一个普通的乡下姑娘结婚吗？就在我工作正忙的时候，我忽然收到一封贴着意大利邮票的信。于是牧草、养蜂场、小牛和乡下姑娘——这一切都烟消雾散。这次阿里阿德涅写到，她深深感到无尽的不幸。她责备我，说我没有帮她忙，而只从自己崇高美德的角度看待她，在危急的时刻弃她不顾。全文用粗大而紧张的笔迹写就，带有涂改和墨渍，看得出她是在匆忙而且很难过的时候写的。在信的结尾她求我去拯救她。

“我再度被迫从安定的地方离开，不自主地狂奔而去。阿里阿德涅住在罗马。我到她那里已经是深夜，她一看到我就放声大哭，冲过来搂我的脖子。过了一个冬天她一点都没有改变，依然是那么年轻美妙。我们一起晚餐，然后乘车在罗马游玩到黎明，她一直跟我说她的生活是怎么过的。我则问她卢伯科夫在哪儿。

“‘别跟我提起这个坏蛋！’她大叫，‘我讨厌他这个卑鄙的人！’

“‘但您不是好像爱过他嘛。’我说。

“‘从来没有！刚开始他好像很特别，激起了我的怜惜之情——全部就是如此。他不要脸，会猛追女人硬追到手，这点倒很有魅力。可是我们别再说他了。这是我生命中悲伤的一页。他为了要弄到钱而丢下我跑回俄国——就让他去吧！我跟他说，他别敢再回来。’

“她已经不住在旅馆里，而是租了私人公寓，有两个房间，她按自己的品位把那里打理得奢华而冷漠。卢伯科夫离开之后，她欠了朋友大约五千法郎的债，我的到来事实上对她来说真是拯救她。我打算带她回乡下去，但没成。她想念故乡，可是一想到在那里经历过的贫困、物质匮乏和哥哥屋顶的锈迹斑斑，都让她厌恶到发抖，当我建议她回家，她慌忙地握着我的手说：

“‘不，不！我在那里会忧伤而死！’

“之后，我的爱情便进入最后的阶段，来到了最后的一刻。

“‘您就当我从前的小亲亲，来爱我一点吧，’阿里阿德涅依偎着我说，‘您闷闷不乐又畏首畏尾，害怕付出激情，总是想着后果，这太无趣了。好不好，请您，求求您，对我亲热一点吧！……我纯洁的、神圣的、可爱的人，我是这么爱您！’

“我成了她的情人。最少大概有一个月，我像个疯子似的，沉浸在一种狂喜中。我拥抱着年轻美丽的肉体，享受着，每一次从梦中醒来感觉到她的体温，便想起她，我的阿里阿德涅，就在我身边——啊，我对这样的生活还不太习惯呢！但我终究习惯了，渐渐也对自己的新状况有了清楚的认知。首先，我了解，阿里阿德涅一如往昔并不爱我。然而她这次想要认真点爱，因为她害怕孤独，但主要还是我很年轻又健壮，她身体上是有感觉的，就像所有冷漠的女人终究也不过如此——我们都装模作样，好像是彼此热烈爱上了对方。之后我才搞懂了其他一些事情。

“我们住过罗马、那不勒斯、佛罗伦萨，去了巴黎，可是我们觉得那里很冷，所以又回到意大利。我们到哪里都自称是夫妇、富有的地主，大家都想跟我们认识，阿里阿德涅在交际上获得极大的成功。因为她上过绘画课程，所以人们都称她艺术家，您想象一下，这还蛮合她的表面形象，尽管她一丁点天分都没有。她每天睡到下午两三点；在床上喝咖啡、吃早餐。午餐她喝汤，吃龙虾、鱼、肉、芦笋、野味，然后躺下睡觉前，我会端点什么吃的到她床前，像是烤牛肉，她则一脸楚楚可怜的表情吃完它，半夜醒来的话，她还要吃苹果和柳橙。

“这么说好了，这个女人最主要的特质就是惊人的狡猾。她总是在要诈，每分每秒都在玩弄人，看起来没有任何必要需要故意如此，似乎只是出于她的天性，出于心底的动机催促，就像麻雀叽叽叫或者蟑螂沙沙动着触须一样自然。她不只对我，也对仆役、门房、商店售货员和任何熟识的人要心机，没有这般做作和装腔作势，她的对话或会面就无法进行下去。只要一有男人进来我们房间——不管他是谁，仆役或男爵都好，她便会改变眼神、表情、声音，甚至体态外形都能变。如果您看过她，哪怕只有一次，那么您会说，在全意大利没有比我们更具有上流风度、更阔气的人了。她不会放过任何一位艺术家或音乐家，会用尽一切胡说八道恭维他们有出色的天分。

“‘您真是个天才！’她甜美如歌地说，‘与您相处甚至让人害怕。我想，您应该会把人给看穿吧。’

“这一切都为了要讨对方喜欢，成功当一个迷人的女人。她每天早上醒来只有一个念头：‘要讨人家喜欢！’这已经成为她生活的目标和意义。如果我告诉她，在哪条街、哪栋房子里住着一位不喜欢她的人，那么这会使她发愁不已。她每天都需要别人迷恋她，迷她到发狂的程度才行。那么，早已拜倒在她裙下和魅力之前的我，便完全微不足道了，充其量只是提供给她一种享受的快感，像是在一些竞赛中胜利者获得的成就快感一样。我这样卑微还不够，她每天晚上还要像只母老虎似的懒洋洋地摊开四肢，一丝不挂——她总觉得热，然后读着卢伯科夫寄来的信件。他信里求她回俄国去，不然他发誓为了要弄到钱来找她，他会去偷、抢、杀人的。她恨他，但他那热情又逢迎的信却使她心波荡漾。她对自己的魅力有一种不寻常的看法，她觉得，如果可以在某个人多的聚会里让大家看到她的身材多么姣好、肤色多么漂亮的话，那么她就会以为自己征服了整个意大利和全世界。这些关于身材、肤色的话使我感到羞辱，她留意到这点，因此每次她心情不好，就刻意惹恼我，尽说些庸俗的话嘲弄我，甚至有一次，在一位女士的别墅里她气得对我说：

"'如果您再不停止那些烦人的说教，那我现在就脱掉衣服，赤裸裸躺在这些花上！'

"她睡觉、吃饭或费尽心思想让自己的眼神看起来天真无邪——这些我看在眼里经常不禁思索：究竟为了什么上帝要赋予她这般不寻常的美丽、优雅和智慧？难道只是为了可以懒洋洋躺在床上、吃喝、欺骗，无止境地欺骗？再说，她是否真够聪明呢？她怕三支蜡烛、数字十三，怕会被恶毒的眼神诅咒，还怕被噩梦惊吓到；对自由恋爱或者对自由的宽泛看法，却像个沉迷宗教的老太婆一样满口道理；她还断定波列斯拉夫·马尔凯维奇[1]比屠格涅夫要优秀。然而她实在太狡猾又机巧，在社交上总让人以为她是一位非常有教养和思想前卫的人。

“她这个人就算在快乐的时候也会毫不犹豫地羞辱仆役、捏死昆虫，她爱斗牛，爱看谋杀案的报道，当被告被宣判无罪的时候她还会生气。

“我和阿里阿德涅所过的那种生活，需要很多钱。可怜的父亲把自己的退休金和所有微薄的收入都寄来给我，只要能借的他都会为我筹措，有一次他却回复：‘我没有了。’[2]于是我发给他一封绝望的电报，哀求他典当地产。之后没多久，我又请求他拿地契去二次抵押再弄点钱出来。不管怎样他都毫无怨言地照办，分毫不差地寄钱给我。阿里阿德涅轻视现实生活，这一切好像都不干她的事，当我扔出一千法郎来满足她疯狂的欲望，我只能像是棵老树般闷声哀吟，她则是心情愉快地唱起《再会，美丽的那不勒斯》[3]。渐渐地，我对她冷淡下来，开始为我们的关系感到羞耻。我不喜欢女人怀孕和养育后代，但现在我却已经偶尔会梦想要有小孩，至少这样还可以算是有一个维持我们共同生活的表面理

---

1 波列斯拉夫·马尔凯维奇（Boleslav M. Markevich，1822—1884），俄国作家、评论家，他主要的作品以描写十九世纪俄国的西化派与斯拉夫派之间的争论闻名，因此被文中女主角拿来与屠格涅夫做比较。

2 原文为拉丁文。

3 原文为意大利文。

由。为了不自暴自弃，我开始上博物馆和画廊，读点书，减少食量，并戒了酒。就这样从早到晚绑着自己忙点事情，内心仿佛轻松了些。

“阿里阿德涅也厌倦了我。而且我得说，那些拜倒在她裙下的人，尽是平庸之流，公侯使节和沙龙依旧无影，钱也不够用了，这使她深感屈辱，令她号啕大哭，她终于告诉我，要回俄国的话她也不反对了。就这样我们回来了。出发前几个月，她积极与她哥哥反复通信，显然她暗地里有什么盘算，至于是什么呢——上帝才知道吧。我已经厌烦了去猜透她的狡猾心机。但我们不是回乡下，而是去雅尔塔，然后从雅尔塔再到高加索地区。现在她只肯住在国内的疗养胜地，但愿您知道，我有多讨厌这些地方，在那里我会有多苦闷、多羞耻。我现在只想回乡下去！此时的我宁愿付出劳力，汗流浃背地采收粮食，赎自己的罪过。趁现在我感到自己有余力，我觉得可以加把劲，在五年内赎回地产。可是这下子，如您所见，事态复杂。这里不是外国，而是在俄罗斯这个老妈妈家，必须考虑一下合法的婚姻了。当然，热情迷恋已不在，昔日的爱意也消逝无踪，可是无论如何我都该娶她为妻。”

沙莫兴为自己的故事感到情绪高昂，和我一起走下楼，继续谈论女人。已经很晚了。看来，我们俩是住在同一个舱房。

“目前只有在乡村的女人才不亚于男人，”沙莫兴说，“那里的女人跟男人一样思考、感受，并为了文化发展尽心尽力与大自然奋斗。城市的女人嘛，不管是资产阶级或知识阶级的女人，早已落伍了，正返回原始的生活状态，大都像半人半兽了，由于她们这种人，很多原本被人类才能克服而拥有的东西便丧失了。女人渐渐地消失，取而代之的是原始的母兽。这种知识阶级女人的落伍极其危险地威胁着文化进展，女人在自己的退化历程中，竭力去吸引男性跟着她们，这便减损了男性向前进的动力。这点是毫无疑问的。”

我问：为什么只用阿里阿德涅一个人的案例就总结论断所有的女人？就现今女人致力于教育和性别平权这件事来看，我认为这就是在追求公平正义，光这点就足以推翻所有您所称的退化假设。但沙莫兴不太听我说，只怀疑地微笑。这人已经是个狂热坚定的厌女者，不可能改变他的想法了。

“唉，得了吧！”他打断我的话，“既然女人不把我当人看，而把我视为低于她的公兽，她一辈子汲汲营营只为了要让我喜欢上她，也就是说想要俘虏我，那么这里面还有什么平等可言？哎呀，别相信她们，她们非常非常狡猾！我们男人为了她们的自由而忙碌，可是她们却完全不想要这份自由，只是假装想要而已。狡猾得不得了，狡猾得吓死人！”

我已经无意争辩，想要睡觉了。我把脸转向墙壁。

“对啦，”我一边睡还一边听到他继续说，“对啦。所有的错都出在我们的教育上，老兄。在城市里女性所受的一切教育和教养，事实上都把她们塑造成了半人半兽，也就是说，要让公兽喜欢上她，要让她能够征服公兽。对吧。”沙莫兴叹一口气，“必须得让年轻女孩与男孩一起受教育学习，让他们彼此常在一起。必须这样教育女人，才能够让她们像男人一样认知到自己的是非对错，否则以她们的观念总以为自己是对的。要从小教导女孩，让她们知道男人既不是骑士也不是待婚之夫，而是各方面都与她们接近且平等的人。让她们习惯逻辑思考、归纳总结，不要让她们以为她们的脑子比男人小，因此可以满不在乎地漠视科学、艺术及所有的文化活动。一个手工艺学徒小男孩，无论是做鞋匠或油漆匠，他的脑容量比成年男子小，然而他为了生存也要跟大家一样去奋斗、工作、受苦。在生理、怀孕和生育方面，同样得抛弃这样的态度，因为第一，女人不是每个月都生小孩；第二，不是所有的女人都要生；第三，普通的乡下女人在生产的前一天还要去田里工作——也不会发生什么事。然后应该要在日常生活上做到最完善的平权。如果男人会拿椅子或者捡拾掉落的手帕给女士，那么就让女人也做同样的事情。如果有好人家的女孩子要帮我穿大衣或拿水杯给我的话，我一点都不反对……”

接下来的话我就没听到，因为我睡着了。隔天早晨，我们的船接近塞瓦斯托堡，天气湿得让人不舒服。船身一直摇晃。沙莫兴和我坐在操控室内，他好像在思索什么，默默不语。男人都把大衣领子竖起，女人则带着一脸苍白而沉闷的睡容，当喝茶铃声响起，大家就往楼下走去。有一位美貌异常的年轻女士，就是在沃洛齐斯克对海关官员生气的那位，她停在沙莫兴面前，一副任性、娇生惯养的小孩似的表情，对他说：

“让[1]，你的小鸟儿被船摇晕啦！”

之后，我住在雅尔塔的日子里，时常看见这位漂亮的女士骑着一匹溜蹄马疾驰而过，她后面两位军官几乎跟不上她。还有一天早上，她身穿围裙、头戴一顶弗里吉亚帽[2]，坐在滨海道上抹着颜料练习写生，大批人群远远站着欣赏着她。最终我也与她相识。她紧紧握我的手，赞叹地望着我，用那种甜美如歌的声调感谢我的作品给她提供了无比的满足。

“别信她，”沙莫兴低声对我说，“您的书她一点都没看过。”

某天傍晚，当我在滨海道散步时，沙莫兴遇到我，他手里拿着一大包餐前菜和水果。

“马克图耶夫公爵来这里了！”他快乐地说，“昨天他和她那沉迷招魂术的哥哥一起来。现在我了解，她那时候与他哥哥通信写些什么了！上帝啊，”他继续说，望着天，把手上的食物包袱紧抱在胸前，“如果她与公爵的关系修复好，那么这就表示我自

1 让（Jean），法国人名，等于俄国的伊凡，即文中男主角的名字。

2 弗里吉亚帽（Phrygian cap），一种软的圆角锥帽，戴的时候帽顶前倾。原是公元前位于安纳托利亚的弗里吉亚王国人的传统服饰，后来在罗马时代获释的奴隶会戴此帽，因此成了自由的象征。

由了，我就可以离开这里回乡下去找父亲喽！”

他随即跑向前去。

“我开始相信灵魂了！”他回头对我大叫，“伊拉里翁爷爷的灵魂预测得好像真的很准！啊，如果是真的就太好了！”

在这次会面后的隔天，我便离开雅尔塔，沙莫兴的爱情故事是怎么结束的——我就不得而知了。

未婚妻[1]

一

已经晚上十点了，圆月在花园上方绽放光芒。舒明这一家里才刚刚结束晚祷，是祖母玛尔法·米哈伊洛夫娜安排的活动，这时娜佳[2]走出去到花园待一会儿，可以看到屋里的情况：大厅桌上摆满了餐前小菜，祖母穿着一件华丽的丝质衣裳忙进忙出；大教堂的大司祭安德烈神父，正跟娜佳的母亲妮娜·伊凡诺夫娜谈话，此刻，在夜晚灯光下的母亲透过窗户看起来不知为何显得年轻许多，一旁站着的则是安德烈神父的儿子——安德烈·安德烈伊奇，他专心聆听着。

1 本篇原发表于一九〇三年的《大众杂志》，是契诃夫生前发表的最后一篇小说，明显表露出对未来的期待，评论一致认为这篇小说是契诃夫风格的转折点，作家用“新生活的希望”为自己的小说创作生涯画下句点。

2 娜佳是娜杰日达的小名，娜杰日达在俄文里是希望之意，显然作者用此名有其用意，对照小说中娜佳的形象，可以看到一个历程：从小到大，从无知到成熟，从旧的现在到新的未来，从宿命到希望。

花园里静悄悄又凉爽，黑暗沉寂的阴影伏在地面上。好像从远方某处，应该是在城外那么远，传来一阵阵蛙鸣声。感觉得到五月了，可爱的五月啊！深深呼吸之间不自主会想，春天的生活还没蔓延到这里，而在天空之下树林之上，在城外远远的某个地方，这当下还在田野与森林中滋长，这种神秘、美妙、丰富、神圣的生活，对于懦弱且内心有愧的人恐怕难以理解。这种时刻令人莫名地想哭。

娜佳已经二十三岁，从十六岁起她就热烈梦想着结婚，现在她终于要成为安德烈·安德烈伊奇的未婚妻，就是那位站在窗户后面的男子。她喜欢他，婚礼已经定在七月七日，可是这时她却高兴不起来,晚上睡得很差,该有的喜悦不知道跑到哪儿去了……从地下室厨房敞开的窗户传来声响，听得出那边正忙着，刀剁声咚咚，门板开合砰砰作响，闻得到烤火鸡和腌渍樱桃的味道。冒出一股莫名的感伤，似乎以后一辈子的生活都会像现在这样一成不变，无止无境！

有个人从屋里出来，站在门口台阶上，他是亚历山大·季莫费伊奇，或者简称沙夏，是大约十天前从莫斯科来的客人。很久以前祖母有一房远亲玛丽雅·彼得罗夫娜，她是个家道中落的贵族寡妇，个子瘦小又有病在身，常常来投靠祖母接济。沙夏就是她的儿子。不知道为什么大家一提到沙夏，就说他是个很棒的艺术家，在他母亲过世后，祖母内心过意不去，便好意把他送到莫斯科的技术专科学校就读，差不多读了两年他转到绘画专科学校，待在那里大约读了十五年[1]，勉勉强强在建筑专业毕业，但终究没有从事建筑，而跑去莫斯科一家石印工厂做事。他几乎每个夏天都会过来，通常病得很重，来这儿找祖母是为了要休息养病。

他现在穿着扣得紧紧的常礼服，旧帆布裤的裤脚都磨破了，衬衫也没熨平，整个人散发着一种没精神的感觉。他整个人非常瘦，一双大眼睛，长瘦的手指，蓄胡子，皮肤黝黑，但整体来说算是俊美。他已经跟舒明这家人相处熟悉，视同亲己，在他们那儿就好像待在自己家里一样。他住的那间房老早就被称作沙夏的房间。

他站在门口台阶上，看见了娜佳便走向她。

“在你们这里真好。”他说。

“当然好。您要的话可以在这里住到秋天。”

“对，应该是得这样。我大概会在这儿住到九月之前。”

他没来由地笑一笑，然后在一旁坐下。

“我正坐着从这里看妈妈，”娜佳说，“她从这里看起来好像很年轻。当然，我妈妈是有一点软弱，”她默默地补一句，“但终究还是一个不平凡的女人。”

“对，是个好女人……”沙夏同意，“您的妈妈本身当然是非

1 帝俄时期的技职学校学程包含了我们现今的小学到高职阶段，本应该读十一至十二年毕业。

常善良可爱的女人，可是……该怎么跟您说呢？今天清晨我到你们的厨房去，那里有四个仆人直接睡在地板上，没有床，只拿了破衣、碎布垫着当卧铺，臭气冲天，满地臭虫、蟑螂……这跟二十年前没两样，一点都没变。唉，祖母的话，上帝保佑她，对于那种事她就是个老人家，没什么好怪她的，可是妈妈看来大概是个会说法文、会去参加演戏的人哪，她似乎会懂才对吧。”

沙夏说话的时候，会习惯伸出两根瘦长的手指对着聆听者。

“我始终觉得这里有点奇怪，不太适应，”他继续说，“真不晓得，怎么没有一个人去做点事情。妈妈成天只晃晃荡荡，像个公爵夫人还是什么的，祖母也是什么都不做，您——也一样。还有您的未婚夫安德烈·安德烈伊奇，也什么事都不做。”

娜佳听过同样的这些话，是去年吧，又好像是前年，她知道沙夏除此之外就没别的可评论，这话以前会逗得她笑，现在不知道为什么她感到的是烦恼。

“这都是老调重弹，早就听烦了，”她说完站起来，“您还是想点新鲜的来说吧。”

他笑了一笑也站起来，两人走进屋里去。她身材高挑，美丽苗条，现在在他身旁一比显得健康漂亮极了。她感觉到这点，因而怜悯起他来，还莫名地觉得不好意思。

“您说了一堆没必要的话，”她说，“正像您刚刚说到我的安德烈，可是您根本不了解他。”

“我的安德烈……上帝保佑他，保佑您的安德烈！我这是在惋惜您的青春啊。”

当他们走进大厅，大家已经坐下吃晚餐了。祖母，或者像家里人叫她——奶奶，她非常胖、不漂亮、浓眉，嘴上还带了点细小的胡须，说话洪亮，从她的声音和态度看来，已经很清楚她是一家之主。她在市集上拥有一排货摊，还有这栋带有圆列柱和花园的老房子，可是她每天早晨还要祷告，祈求上帝别让她破产，每到这时候她就哭了起来。她的儿媳妇,就是娜佳的母亲妮娜·伊凡诺夫娜，是个浅色发的女人，经常以紧身衣服打扮，戴夹鼻眼镜，每根手指都戴着珠宝。安德烈神父是个瘦巴巴的老先生，没了牙齿，脸上那副表情好像是随时准备要说什么很好笑的事情。他的儿子安德烈·安德烈伊奇，是娜佳的未婚夫，胖而俊美，卷发，看起来像个演员或艺术家——这三个人在谈论催眠术。

“你在我这里待一个礼拜身体就会康复的，”奶奶对沙夏说，“只要你在这儿多吃一点。你看你现在像什么样！”她叹一口气，“你变得真是可怕！这下可假不了，简直是个浪子。”

“浪费父亲赋予的财富，”安德烈神父缓缓地说，眼神带着笑意，“罪人跟着茫然无知的牲畜一起过活[1]……”

“我爱我的老爹，”安德烈·安德烈伊奇说，碰碰父亲的肩膀，

1 语出《圣经·新约》“路加福音”，第十五章第十一至三十二节。

“真好的老先生。善良的老先生。”

大家沉默了一阵。沙夏突然笑了起来，随即用餐巾捂着嘴巴。

“那么，您信催眠术吗？”安德烈神父问妮娜·伊凡诺夫娜。

“我当然没办法肯定说我信，”妮娜·伊凡诺夫娜回答，摆出一脸非常认真甚至严肃的表情，“可是应该承认，在自然界中有许多神秘不可知的事物。”

“完全同意您，但是我应该补充一句，我们的信仰会大大限缩了神秘的范围。”

端来了一只非常油腻的肥火鸡。安德烈神父与妮娜·伊凡诺夫娜继续他们的话题。妮娜·伊凡诺夫娜的手指上闪耀着宝石，随后她的眼睛闪耀着泪水，情绪激动了起来。

“虽然我不敢与您争论，”她说，“可是您得同意，在生活中有太多无解的谜啊！”

“一个谜都没有，我敢向您保证。”

晚餐后安德烈·安德烈伊奇拉起小提琴，妮娜·伊凡诺夫娜帮他用钢琴伴奏。他十年前在大学的语言系毕业，可是从没在哪个单位工作过，平常也没有什么特定的事情要忙，只偶尔参加过几场慈善音乐会，在城里大家都叫他演员。

所有人静静聆听安德烈·安德烈维奇的演奏。桌上烧着水的茶炊静静滚沸，只有沙夏一个人在喝茶。当时钟敲响十二点，提琴弦突然绷断了，大家笑了起来，便在慌乱中一一道别离去。

娜佳送走了未婚夫后，回到自己楼上的房间，她跟母亲住在楼上（楼下是祖母住的）。楼下大厅里，灯火已熄灭，沙夏仍坐在那里喝茶。他喝茶总是喝很久，按照莫斯科的方式，一次要喝七杯。当娜佳更衣躺上床，她还久久听到仆人在楼下收拾东西的声响，以及奶奶生气的声音。最终，一切回复平静，只依稀听到楼下的沙夏好像在自己的房间里低声咳嗽。

二

当娜佳醒来，应该是两点钟，黎明了。远方某处有守夜人打更。她不想睡了，躺着反而觉得软绵绵的，哪里都不对劲。一如以往的五月夜晚，娜佳坐在床铺上开始想事情，想的都还是昨天夜里那些一个样、无益的又讨人厌的事情，像是关于安德烈·安德烈伊奇如何对她献殷勤，以及向她求婚，她又如何允诺，然后渐渐认定了这个善良的聪明人。然而为什么现在，离婚礼剩下不到一个月，她开始感受到恐惧不安，仿佛等待她的是某种不确定又沉重的事情。

叮咚，叮咚——守夜人懒散地敲打着。——叮咚……

透过大扇的旧窗户可以望见花园，远一点那里有花香浓郁的丁香树丛，花朵因寒冷而显得困倦萎靡，还能看到白白浓浓的雾悄悄游近丁香树丛，想要淹没它们。在更远的树林枝头上昏昏欲睡的乌鸦嘎嘎叫喊。

“我的天啊，我为何感觉如此沉重！”

可能，每个未婚妻在婚礼之前都会有这样的经历。谁知道呢！难道这是受了沙夏的影响？但沙夏已经连续好几年都说同样的话，好像是照着写好的稿子念一样，以前听他说的时候，只感觉天真又怪异。可是为什么脑袋里始终无法摆脱沙夏？为什么？

守夜人早已不再敲敲打打。窗户下和花园里的小鸟叽叽喳喳，雾已散尽，四周春光乍亮仿佛绽放着微笑。没多久，整个花园在阳光温柔的照料下，烘得暖暖的，清醒了过来，叶子上的露珠如宝石般闪耀着。这个老旧、荒废已久的花园在这个早晨显得多么年轻漂亮。

奶奶已经醒来。沙夏粗声低沉地咳了一咳。听得到楼下有人搬来了茶炊，以及挪动椅子的声响。

时钟走得慢吞吞的。娜佳已经起床很久，在花园里散步了好一阵子，却还是没把早晨给拖过去。

这时来了妮娜·伊凡诺夫娜，一脸哭过的样子，手里拿一杯矿泉水。她常做招魂术和顺势疗法，阅读很多书，爱谈内心感受到的疑惑，这一切让娜佳觉得无不隐含了深刻而神秘的思想。这会儿娜佳亲吻了母亲一下，便跟她一起走着。

“你刚刚在哭什么，妈妈？”她问。

“昨天晚上我开始读一本小说，里面说到一个老先生与他的女儿。老先生在某处工作，唉，偏偏他的长官爱上了他的女儿。书我还没读完，可是里面就是有一个地方让人忍不住掉下眼泪，”妮娜·伊凡诺夫娜喝一口水接着说，“今天早晨我想起来又哭了一会儿。”

“我这几天都很不快乐，”娜佳说，“为什么我连着几个晚上都无法好好睡？”

“我不知道，亲爱的。我晚上睡不着的话，会紧紧地闭上眼睛，就像这样，然后在心里想象着安娜·卡列尼娜[1]的样子，想象她如何走路、如何说话，或者想点什么历史的东西，古时候世界的……”

娜佳感觉到她的母亲不了解她，也无法了解她。她这辈子第一次感觉到这点，她甚至觉得可怕，想要逃避，于是便回到自己的房间内。

两点钟大家坐下用午餐。这天星期三，是斋戒日，因此祖母给大家端上斋戒吃的甜菜汤和鱼粥。

沙夏除了甜菜汤外还故意喝了荤的汤，存心想捉弄祖母。吃

1　安娜·卡列尼娜是托尔斯泰同名小说的女主角，她不顾一切勇敢走出不幸福的家庭和婚姻，出轨与相爱的人在一起，但最终在社会压力下和情人的背叛下卧轨自杀。本文中娜佳的母亲向往安娜·卡列尼娜，读来有一种形象上南辕北辙的笑点，是契诃夫式的幽默。

午餐的时候他一直开玩笑，但是他那笨拙沉重的笑话一出来，往往带着道德说教的用意，便一点儿也不好笑了。他开玩笑之前，会举起自己非常瘦长的手指，仿佛是死人的手指，每当想到他病得很严重，或许活在世界上的日子不多了，就会让人同情起他甚至流下眼泪。

午餐过后，祖母离开回自己房间休息。妮娜·伊凡诺夫娜弹了一下子钢琴，之后也离开了。

“啊，亲爱的娜佳，”沙夏开始他那套例行的餐后对话，“如果您愿意听我的话就好了！如果愿意的话就好了！”

她闭着眼睛坐入一张老旧的扶手椅里，而他在房间内静静徘徊，从这头到那头。

“如果您愿意到外面念书就好了！”他说，“只有受过教育启蒙的和心灵圣洁的人才讨人喜欢，才是社会所需要的。要知道，有越多这样的人，天国才会及早降临这片土地。你们的城市，到时候就会一点一滴被消灭殆尽——一切都会彻底翻飞，全都会改观，仿佛施了魔法似的。到时候这里将会有巨大雄伟的房子、神妙的花园、奇特的喷泉、优异的人们……可是最主要不是这些。主要的是，看看我们的群众，他们现在是什么样子，以后就不会有这般恶模恶样了，因为每个人都将会有信仰，每个人都将知道为了什么而活着，没有一个会需要依赖群体过活。可爱的，亲爱的，您出去走走吧！让所有人知道，您厌倦了这窒闷灰暗又让人愧疚的生活。哪怕至少证明给自己看吧！”

“不行，沙夏。我要嫁人了。”

“唉，够了！这种事谁需要呢？”

他们到花园去，稍微散一会儿步。

“无论如何，我亲爱的，一定要仔细想想，一定要了解，您这无所事事的生活多么不干净、多么不道德，”沙夏接着说，“您得了解，因为这么说好了，像您和您的母亲、祖母什么事都不做，这意味着，有其他人在帮你们做事，你们吞占了别人的生活，难道这很干净，一点都不肮脏吗？”

娜佳想说“对，这是真的”，还想说她都了解。可是她已经眼泪盈眶，突然说不出话来，整个人缩成一团，走回自己房间。

黄昏时分，安德烈·安德烈伊奇过来这里，照旧拉了好久的提琴。他向来话不多，只爱拉提琴，可能因为拉提琴的时候可以沉默不说话。十点的时候，他准备回家，已经穿上大衣了，还去拥抱娜佳并贪婪地亲吻她的脸庞、肩膀和手。

“我亲爱的、可爱的、美妙的……”他喃喃说着，“啊，我多么幸福！我高兴得要发狂！”

她觉得这好像是很久以前就听过的台词，很久很久，或者是在哪本书里读过的……好像是在一本老旧破烂且早已丢掉的小说里。

大厅里，沙夏坐在桌旁喝茶，茶碟子[1]托在他修长的五根指头上，奶奶摆开纸牌算命，妮娜·伊凡诺夫娜则在读书。圣像前的长明油灯的火苗噼啪作响，一切好像很宁静顺遂。娜佳道过晚安，回到自己楼上的房间，躺下后立刻睡着了。然而，一如昨夜，天才刚破晓她就醒来。她不想继续睡，内心不安而沉重。她坐起来，把头靠向膝盖，想着未婚夫和婚礼的事情……她不知为何想起她的母亲并不爱自己过世的丈夫，现在一无所有，完全依靠婆婆也就是她的奶奶过活。娜佳以前怎么都没想过,也无法了解，为什么她从前一直在母亲身上看到的是某种特别与不凡，却没注意到这不过是一个普通平凡又不幸的女人。

楼下的沙夏也没睡——听得到他在咳嗽。娜佳心想这个人真是奇怪又天真，他所梦想的那些神妙的花园和奇特的喷泉里，漫着一股荒谬，可是不知道为什么在他的天真中，甚至说在这股荒谬中，却伴着那么多的美妙。她才稍稍想到要不要去念书，整个心头和胸膛就被一股清凉冲击着，满盈着欢乐欣喜的感受。

“唉，最好别想，最好别想……”她自言自语，“不需要想这个。”

叮咚……远方某处的守夜人在打更。——叮咚……叮咚……

1　从前俄罗斯习惯用浅碟子盛茶来喝。

三

六月中旬，沙夏忽然感到待在这里无趣了，打算回莫斯科。

“我没办法住在这个城市，”他阴郁地说，“这里没有净水引水道，也没有污水下水道！我厌恶在这里吃饭：厨房里脏得不像话……”

“那再等一等吧，浪子！”祖母不知为何音量放轻，“七号就要举行婚礼了！”

“不想等。”

“可是你说过要在我们这里待到九月前的！”

“但现在我不想了。我该去工作了！”

这个夏天的天气又湿又冷，树木湿潮潮的，花园里到处看起来都不太亲切又教人郁闷，会让人想要实际一些去做点事情。在房间里面，楼下楼上到处都听得到不知哪儿来的陌生女人的声音，祖母房里的缝纫机嗒嗒作响：这是在赶做嫁妆。送给娜佳的东西光是毛皮大衣就有六件，照祖母的说法，其中最便宜的都要值三百卢布！这种无谓的忙乱激怒了沙夏，他坐在自己的房间里生气，可是大家依旧劝他留下来，最后他答应会待到七月一日，不会再提早走了。

时间过得很快。在彼得日[1]的午餐之后，安德烈·安德烈伊奇带着娜佳到莫斯科街去，为了要再验收一下那栋租来的新房，这是家人老早准备好要给这对新婚夫妇住的。房子有两层楼，但目前只有楼上整理好了。大厅的地面亮亮晶晶，漆成了镶木地板的样子，还摆着维也纳式椅子、大钢琴、小提琴谱架。油漆味没散。墙上挂着一幅金框的大尺寸油画，色彩缤纷，画中是一位赤裸的女士，她旁边有一个断了把手的淡紫色花瓶。

“真是美妙的画像啊，”安德烈·安德烈伊奇说，虔敬地叹一口气，“这是艺术家施什马切夫斯基的作品。”

接下来是客厅，有圆桌、沙发，以及几张蒙着亮蓝色布料的扶手椅。沙发上有一幅很大的肖像画，是头戴法冠、身佩勋章的安德烈神父。然后进到餐厅，那里设有餐台，之后再到卧室，昏暗中可见两张并排的床，给人感觉似乎在装潢的时候，就以为这里以后会永远幸福美满，不可能会有其他情况了。安德烈·安德烈伊奇带着娜佳一间一间房参观，一直搂着她的腰，而她却有一种虚弱、做错事的感受，她痛恨这些房间、床铺、椅子，那幅画中的裸女更使她痛苦不堪。对她来说已经很清楚，她不再爱安德烈·安德烈伊奇，或者可能是她从未爱过他，可是这要怎么说呢，又该向谁说呢，是为了什么目的说呢？她不了解，也无法了解，尽管她

1 彼得日，东正教的节日，每年六月二十九日至七月十二日，纪念彼得与保罗两位使徒。

日日夜夜都在想这些事……他搂着她的腰，话说得多么甜美直白，不断在自己的公寓里来来回回走着，他显得多么幸福。而这一切在她眼前只有一个庸俗可言，愚蠢、天真、难以承受的庸俗，他那只搂着她的腰的手，对她来说仿佛是坚硬冰冷的箍环。她每分每秒都准备要逃开、大哭、冲出窗户。安德烈·安德烈伊奇带她到了浴室，在这里他碰一下镶在墙面的水龙头，水就忽地流出来。

“怎么样？”他说完便笑开了怀，“我吩咐在阁楼顶上做一个有百桶容量的大水箱，这样我们现在才有水可用。”

他们在院子里走了一阵子，然后出去到街上，招了出租马车离开。扬起的灰尘有如浓厚的乌云一般，好像马上就要下雨的感觉。

“你不冷吗？”安德烈·安德烈伊奇问，眯着眼睛防灰尘。

她沉默不语。

“昨天那个沙夏，你记得吗？责备我什么事都不做，”他说，稍微停顿一下，“不得不说，他是对的！毫无疑问的正确！我什么都不做也什么都不会做。我亲爱的，这是为什么？为什么我一想到头上顶着有徽章的制帽在办公就讨厌？为什么我一见到律师、拉丁文老师或地方行政官员时就感到那么不自在？啊，俄罗斯老妈呀！啊，俄罗斯老妈，你怎么还背负着那么多无所事事又无益的人！怎么要背负那么多像我这样的人让你痛苦不已！”

他归纳出他之所以无所事事的原委，认为这是时代的特征。

“等我们结婚以后，”他继续说，“就一起到乡下，我亲爱的，我们到那里做点事吧！我会给自己买一块小小的地，上面有花园、小溪，我们一起奋斗，好好体验生活……啊，这将会多么美好！”

他脱下帽子，头发迎风飘扬，而她听着他说话，心里却想：“上帝啊，我想回家！上帝啊！”差不多快到家的时候，他们的车追过了安德烈神父。

“那走着的是父亲！”安德烈·安德烈伊奇高兴得很，挥舞着帽子。“我爱我的老爸，真的，”他说着，同时付了车钱，“真好的老先生。善良的老先生。”

娜佳回到家一肚子气，身体不太舒服，心里想整个晚上又会有一大堆客人，必须招呼他们，赔笑，听小提琴，听所有人胡说八道只谈婚礼的事情。祖母穿着她那件华丽的丝质衣裳坐在茶炊旁，一副高姿态显得傲慢，她总是以这副样子出现在宾客面前。安德烈神父走进来，脸上挂着他独有的奸笑。

“见到您身体安康，令人喜乐欣慰。”他对祖母说。但很难明白他这话是在开玩笑还是认真的。

四

强风敲着窗户，打着屋顶，呼啸声不断，屋内的壁炉里还传来家神哀怨又阴郁的鸣唱。午夜时分。屋子里大家都躺上床了，可是没人睡着，娜佳总觉得楼下好像还有人在拉提琴。传来一阵猛烈的敲击声，应该是护窗板被吹落了。没多久，只穿一件衬衫的妮娜·伊凡诺夫娜拿着蜡烛走进来。

“这是什么砰砰响，娜佳？”她问。

母亲的头发编了一条辫子，她怯怯地微笑，在这个暴风之夜她显得老了一些，不那么漂亮了，个子似乎也矮了点。娜佳还记得，才没多久前她认为母亲是个不平凡的女人，她会很骄傲地听母亲说话，而现在她怎么也无法想起那些话了，记忆所及的一切是那么微弱，也没必要了。

壁炉里传出些许低沉的歌声，听起来甚至像是：“啊——啊，我的老天——天啊！”娜佳坐在床铺上，突然紧紧抓住自己的头发痛哭起来。

“妈妈，妈妈，”她说，“我亲爱的，但愿你知道我是怎么了！请你，求求你，让我离开这里！求求你！”

“去哪儿？”妮娜·伊凡诺夫娜不明所以地问，坐到床铺上，“要离开去哪儿？”

娜佳哭了好久，没法说出半句话。

“让我离开这个城市！”她终于说，“不该有婚礼，以后也不会有，请你了解！我不爱那个男人……连谈一谈他都没办法。”

“不，我亲爱的，不，”妮娜·伊凡诺夫娜惊吓不已，急着说，“你先静下心来吧，是你心情不好的关系。会过去的。这种事经常有。你大概跟安德烈吵架了吧，但是相爱的人你争我吵——不过是寻开心罢了。”

“唉，你走开，妈妈，你走开！”娜佳放声大哭。

“是啊，”妮娜·伊凡诺夫娜沉默一会儿后说，“没多久前你还只是小婴儿、小女孩，而现在已经成了人家的未婚妻。大自然中新事旧物更迭不息。你还不自觉即将会成为母亲、老太婆，你将会跟我一样有个固执的女儿啊。”

“亲爱的，我的好妈妈，你可是聪明人，要知道你是不幸的啊，”娜佳说，“你非常不幸——为了什么你还要说这些俗不可耐的话？看在上帝的分上，这是为什么？”

妮娜·伊凡诺夫娜还想说点什么，但她没办法说出一个字，哽咽着回到自己房间。壁炉再次低鸣，一下子让人觉得很可怕。娜佳从床铺上跳起来，快速到妈妈房间。妮娜·伊凡诺夫娜一脸泪痕躺在床上，盖着蓝色的被子，手中还握着一本书。

“妈妈，你听我说！”娜佳说，“求求你，想一想，你会了解的！你只要了解，我们的生活是多么卑微低下啊。我的眼睛睁亮了，现在什么都看清了。你的安德烈·安德烈伊奇是个什么样的人？他可是一点都不聪明啊，妈妈！主啊，我的老天！请你了解，妈妈，他是笨蛋一个！”

“你跟你的老太婆都在折磨我！”妮娜·伊凡诺夫娜倏地坐起来，然后她呜咽地说，“我想要过生活！过生活啊！”她重复说着，用拳头捶了胸口两次，“你们给我自由吧！我还年轻，我想要过生活，而你们却让我变成一个老太婆！……”

她痛哭失声，躺在被子里蜷缩成一团，显得渺小、可怜、愚蠢。娜佳回到自己房间后，穿上衣服坐在窗边，等待着早晨。她整夜坐着想着，好像有什么人一直敲着护窗板，吹着口哨。

早上，祖母抱怨着整夜的风把花园里的苹果都吹落了，还把一棵老李树吹断了。天色一片灰蒙蒙、暗淡乏味，暗到简直可以点灯了，大家都在抱怨天气冷，雨水拍打着窗户。喝过茶后娜佳跑去找沙夏，一句话也没说，在角落的一张扶手椅旁掩面跪着。

“怎么了？”沙夏问。

“我没办法……”她说，“我从前怎么能够生活在这里，我不了解，不能理解！我看不起未婚夫，看不起自己，看不起所有这一切无所事事又无意义的生活……”

“好了，好了……”沙夏说，还不是很清楚发生了什么事，“这没什么……这很好。”

“这种生活使我感到厌恶，”娜佳继续说，“我无法忍受在这里多待一天！明天我就要离开这里。请您带我一起走吧，看在上帝的分上！”

沙夏这下子惊讶地望着她，他终于明白，并像个小孩子似的高兴起来。他手舞足蹈，欢喜得仿佛跳起舞来。

“太棒了！”他说，“老天啊，这真是太好了！”

她睁大那双充满爱意的眼睛，眨也不眨地瞧着他，仿佛着了迷，等待他立刻用他那种独有的自傲告诉她什么重大无比的事情。他虽然什么都还没说，她就已经觉得，在她面前正展开一张广阔的新生活蓝图，是她闻所未闻的，她满心期待地看着未来，准备好面对一切，哪怕是面对死亡。

“明天我就离开，”他盘算之后说，“您就说要到火车站为我送行……您的行李我会收拾好放在我的皮箱中，车票我会再拿给您。在车站摇第三次铃的那一刻，您再进到车厢内，我们就这样乘车走。您就送我到莫斯科，之后您自己再继续北上去彼得堡。护照在身上吗？”

“在。”

“我向您发誓，您不会遗憾也不会后悔的，”沙夏情绪激昂地说，“去念书吧，到了那里就听天由命了。等您把自己的生活翻了一翻之后，那么一切都会改观的。主要是——翻新生活，剩下的都是其次。就这样了，所以，明天我们就走喽？”

“嗯，是啊！看在老天的分上！”

娜佳觉得非常紧张，内心感到从未有过的沉重，并以为从现在到出发之前她一定会饱受煎熬或痛苦地胡思乱想，但是她才刚回到楼上自己房间内躺上床，就立刻睡着了，而且睡得很沉，带着一脸的泪痕与微笑，一直睡到傍晚。

五

出租马车派来了。娜佳已经戴好帽子穿上大衣了还跑上楼去，为了要再看母亲一眼，再看一次自己所拥有的一切。她站在自己房间里，靠近那张尚有余温的床，瞧一遍之后她便静悄悄地走向母亲那里。妮娜·伊凡诺夫娜还在睡，房间里很安静。娜佳亲吻母亲一下，帮她顺一顺头发，站了一两分钟……之后她不慌不忙地转身下楼。

院子里下着大雨。有顶盖的马车整个湿淋淋的，停在宅院入口旁。

“别去跟他坐马车啦，娜佳，”在仆人搬放行李箱的时候祖母说，“怎么会想在这种天气去送行！待在家里面多好。瞧，这雨多么大！”

娜佳想要说什么但没法说出口。这时沙夏扶娜佳坐下，用厚毛围巾盖着她的脚。然后他自己坐到旁边。

“一路平安！老天保佑！”祖母在门口台阶上大喊，“沙夏，你到莫斯科要写信给我们啊！”

“好啦。再会，奶奶！”

“天上的圣母保佑你！”

“唉，看看这天气！”沙夏说。

娜佳这时候才开始哭泣。现在对她来说已经很清楚，她一定得离开了，当她与祖母道别，当她看母亲最后一面，那时她始终还没法相信。别了，城市！她忽然想起：还有安德烈和他父亲，以及新的公寓、裸女与花瓶，都永别了。这一切不会再令她惊吓或苦恼，而是显得幼稚又卑微，渐渐退到后面的后面去了。当他们坐到火车里，火车开动的那一刻，这一切都成了过去，那么庞大肃穆的过往被挤压成一小团，宏伟宽广的未来展开了，这个未来在今天之前是那么不被注意到。雨水敲打着火车车窗，窗外只看得到绿色的原野，电线杆和电线上的鸟儿飘忽闪动着，突然间她心情愉快得喘不过气来：她想起来她是为自由而去，为学习而去，而这不就跟很久以前某个时候所称的“去过哥萨克的自由生活”[1]没两样。她又哭又笑祈祷着。

“没什么的！”沙夏微微笑着说，“没什么的！”

六

秋天过去，之后冬天也过去了。娜佳的乡愁渐浓，每天想着母亲和祖母，想着沙夏。家里来的信件口气平静和善，好像这一

1　哥萨克并非一个民族的名称，而是俄国历史上政权更替或被边缘化的斯拉夫人流离至俄国南方草原，慢慢聚合成的社群，通称哥萨克人，曾建立过几个地方政权。他们以自由生活为号召，因此哥萨克也成了自由的象征。

切已经被原谅、被遗忘。在五月的考试之后，她显得神清气爽，于是回了家一趟，她顺路在莫斯科停留一下，去探望沙夏。他依旧如去年夏天那样：留胡子、披头散发、一样的外衣和帆布裤，一样俊美的大眼睛，可是他看起来不健康、受尽磨难，他变老变瘦了，一直咳嗽。不知为何他让娜佳觉得他成了灰扑扑的乡下人。

“我的老天啊，娜佳来了！”他说，笑得乐开怀，“我最亲最爱的人！”

他们坐在石印工厂里，那里充满烟味，还弥漫着油墨和颜料的味道，浓得使空气污浊，然后到他的房间，一样是充满烟味，地上到处有痰，桌上已经冷了的茶炊旁放着一个破盘子和一小张黑黑的纸，桌面和地板上一大堆死掉的苍蝇。从这里的一切可以看出来，沙夏的私生活过得很邋遢，漫不经心，完全蔑视舒适的生活，如果谁唠叨起他的个人幸福、私生活或爱情的话，那么他也完全不会理解，只会笑一笑。

“没什么了，一切都很好，”娜佳连忙说，“妈妈去年秋天来彼得堡找过我，她说奶奶现在不气了，只是总在我的房间里面走来走去，对着墙画十字祈祷。”

沙夏看起来很高兴，但老是咳嗽，说话声音颤抖，娜佳一直注视着他，不了解他是否真的病得很重，或者这只是她的感觉而已。

“沙夏，我亲爱的，”她说，“您可是病了！”

“不，没什么。病是病了，但不严重……”

“啊，我的老天，”娜佳担心起来，“为什么您不去看病，为什么您不爱惜自己的身体？我亲爱的、可爱的沙夏。”她说完眼泪忽地冒出来，这时在她的脑海里，不知为何浮现出安德烈·安德烈伊奇、裸女与花瓶，以及她过往所有的一切，现在仿佛已经是遥不可及的童年；她哭了，因为沙夏已不像去年一样让她觉得那么新潮、有见识又风趣了。“亲爱的沙夏，您病得非常非常重。我不知道该做什么，才能让您不要那么苍白瘦弱。我亏欠您太多！您不可能想象得到，您为我做了多少事情，我的好沙夏！对我来说您根本就是我现在最亲最近的人了。”

他们坐了一会儿，聊了一下。娜佳在彼得堡住了一个冬天之后，现在觉得无论是沙夏本人，或他的言谈微笑，一举一动都散发着某种过时、老气、陈腐过头的，或许已经跨进坟墓中的气息。

“我后天要去伏尔加河，”沙夏说，“去喝那里的马奶酒治病。我想喝马奶酒。我跟一位朋友还有他妻子一起去。他妻子是个很好的人，我一直鼓励她，劝她去念书。我想的就是要她把生活翻转一下。”

他们话完家常之后去火车站。沙夏请她吃茶和苹果，火车要发动时，他微笑着挥舞手帕，甚至从他的腿都可以看出来，他病得很严重，恐怕活不了多久了。

中午，娜佳回到自己的家乡城市。她从火车站出来往家里去的时候，街道让她感觉非常宽阔，而房子都变小了，像被压扁了的样子。没什么人，只遇到一位穿着红棕色大衣的德国人，看样子是乐器调音师。所有的房子似乎都蒙着灰尘。祖母完全老了，依旧又胖又不漂亮，两手搂着娜佳，脸埋在她肩膀上哭，久久无法分开。妮娜·伊凡诺夫娜也急剧地变老变丑了，好像整个脸蛋消瘦下来，还是跟以前一样衣服束得很紧，手指上闪耀着宝石戒指。

"我亲爱的！"她全身发抖着说，"我亲爱的！"

之后她们坐下来默默地哭泣。看得出来，祖母和母亲感觉到过去丧失的已经永远无法回复了：已经没了社会地位，没了往日的名誉，也没了邀客人来访的权利。这就好像在无忧无虑的轻松生活中，半夜忽然有警察到家里查案，原来是房子的主人盗用公款、伪造文书——他们已经与从前无忧无虑的生活永别了！

娜佳到楼上去，看到她那张床还在，窗户依旧挂着纯白色的窗帘，窗外是一样的花园，那里阳光满溢，欢乐而喧嚣。她摸了摸自己的桌子，坐下来想一想事情。然后她好好地用了午餐，喝茶加美味、高脂的鲜奶油，可是好像少了个什么东西，她觉得房间里很空虚，天花板很低。晚上她躺下睡觉，盖上被子，她觉得躺在这张温暖又异常柔软的床铺上真是莫名可笑。

妮娜·伊凡诺夫娜过来坐一会儿，好像是犯错的人那般坐着，一副不好意思又拘谨的模样。

“嘿，怎么样，娜佳？”她沉默之后问，“你满意了吧？很满意吧？”

“满意，妈妈。”

妮娜·伊凡诺夫娜站起来，对娜佳和窗户画十字。

“而我呢，像你现在看到的，信了教，”她说，“你知道吗，我现在研究起哲学了，一直在思考，思考……对我来说，现在许多东西清楚多了，像大白天一样清楚。我觉得，首先是必须像透过三棱镜一样去过生活。”

“妈妈，告诉我，祖母身体如何？”

“好像还好。你那时候与沙夏离家出走，祖母一读到你发来的电报时便晕倒了，躺了三天动也不动。然后她一直祈祷上帝，一直哭泣。现在没什么了。”

她站起来在房间里走来走去。

叮咚……守夜人打更。——叮咚、叮咚……

“首先是要像透过三棱镜一样去过生活，”她说，“换句话说，就是必须让生活在认知上分化成最简单的成分，就好像七个基本色彩一样，每一个成分都要分别研究。”

娜佳很快睡着了，没听到妈妈还说了什么，也不知道她是什么时候离开的。

五月过去，六月来临。娜佳又习惯了家里。祖母忙着准备茶炊，深深叹息，每天晚上妮娜·伊凡诺夫娜反复谈着自己的哲学观，她依然像个食客般住在这栋房子里，花的每一个铜板都要经过祖母那关。房子里有很多苍蝇，房间的天花板好像变得越来越低。奶奶与妈妈不太敢出门上街，害怕在路上遇到安德烈神父他们父子。娜佳在花园和街上漫步，瞧着房子，瞧着灰色的围栏，她觉得这个城市里的一切都太老旧，过时了，这里的一切，不过是在等待结束，或是等待某一个崭新的开端。啊，要是那崭新明朗的生活能够尽快到来就好了，那时候可以直接勇敢地面对自己的命运抉择，认知自己是正确的，过得愉快而自由！而那样的生活迟早会来临的！该有那样的时候，就从祖母家开始，那里盖得让四个仆人无法过像样的生活，只能窝在地下室一个肮脏的房间里——总有一天，从这栋房子开始，不会留下过去的一点痕迹，这房子将被遗忘，没有人会记起来。

来跟娜佳玩的只有隔壁院子里的小孩子，当她在花园散步的时候，他们敲打着围栏，嘲笑她：

“新娘子！新娘子！”

沙夏从萨拉托夫捎来了信，用他独有的轻快飞扬的笔迹写着，说他到伏尔加河旅行非常顺利，但在萨拉托夫时他觉得有点不舒服，声音哑了，已经在医院躺了两个礼拜。她了解这意味着什么，有一种几近确信的预感袭向她。她对沙夏的这种预感和想法已经不像从前那么使她忧虑了，这让她感到不快。她热烈地想要生活，想要去彼得堡，与沙夏的相识是甜蜜的，却已成遥遥远远的过往！她整夜不能眠，早晨坐在窗边，留心倾听周遭。的确，楼下传来声音——紧张兮兮的祖母开始匆忙地问东问西，然后好像有谁哭了……当娜佳走到楼下去，祖母站在角落祈祷，她的脸看起来刚刚哭过。桌上放着一封电报。

娜佳在房间里踱步许久，听着祖母哭泣，然后她拿起电报来读。上面写着：亚历山大·季莫费伊奇，或者简称沙夏，昨天早晨在萨拉托夫因肺结核过世。

祖母与妮娜·伊凡诺夫娜到教堂预订了追悼会，娜佳则又在房间里徘徊好久，思索着事情。她清楚认知到，她的生活如同沙夏所想的翻转了，她在这里是孤独的异类，没人需要她，而她也不需要这里的一切，过去的一切已经与她剥离，消失无踪，仿佛被烧掉，灰烬给风吹走。她走进沙夏的房间，在那里站了一会儿。

“永别了，亲爱的沙夏！”她想着。在她面前浮现出一个宽广辽阔的新生活，这个生活尚未明朗，充满神秘，吸引着她，召唤着她。

她走回自己楼上的房间收拾东西，隔天早晨，她与所有亲人告别，然后就满心欢喜、充满活力地离开了这个城市——如她所想的，永远离开了。

灯火[1]

狗在门外不安地吠叫。工程师阿纳尼耶夫和他的助手大学生冯·史腾堡与我从工寮走出来看看它是对谁在叫。我是这里的客人，本来可以不用出去，但老实说，喝了葡萄酒后我的头有点晕，因此我乐得出去透透新鲜的空气。

“什么人都没有……”当我们到了外面，阿纳尼耶夫说，“你到底在瞎叫什么，阿索尔卡？笨蛋！”

周围半个人影都没有。笨蛋阿索尔卡是一只在院子里看门的黑狗，它怯生生地靠近我们，摇摇尾巴，大概想为自己无故乱叫来向我们道歉。工程师弯下腰，摸摸它两耳之间的头顶。

“你怎么，无故叫什么呢？”他用一种好心人对小孩子和狗说话的声调说。“做噩梦了是不是？对了，医生，请您留意一下，”

1 本篇原发表于一八八八年的《北方信使》杂志。这篇中篇小说当时受到严厉批评，契诃夫回应舆论时，谈到自己所认知的艺术家使命，这段话表明了他的客观写实风格立场：“小说家不该是自己笔下人物的裁判法官，而该是中立的见证人……读者才是陪审团，自会做出评价。”十一年之后，契诃夫选编作品全集时不收录此作，但以此故事为原型重新改写成另一篇作品《带小狗的女士》。

他转头向我说，“这真是只非常神经质的动物！您能不能想象得到，它居然无法忍受孤单，常做噩梦且被噩梦惊吓，如果有人对它呵斥一下，那它就好像歇斯底里发作似的。”

“嗯，这是只情感纤细的狗……”大学生同意。

阿索尔卡应该了解刚刚的对话是在说它；它抬起嘴巴愁苦地哀号，仿佛在说：“对，有时候我难过得受不了，还请你们原谅！”

这个八月的夜晚天上虽有星星，可是很昏暗。由于我从来没有在这么奇特的环境下待过，这次是偶然来到这里，感觉这个星空夜晚很荒凉萧瑟、不亲切，比它原本该有的样子还要昏暗。我身处一条还在施工中的铁路线。高高的铁路土堤路基盖了一半，沙堆、黏土、碎石、工寮、坑洞、随处摆放的手推车，以及工人住的土屋隆起的平台——全部这些乱七八糟的东西被暗夜抹黑成单一色调，给这片土地添上了一种诡异样貌，叫人想起混沌时期的景象。我举目所及的这些东西，横七竖八的毫无秩序，在挖得糟糕不像样的坑洞之间，看到人的身影与细长的电线杆感觉真是怪，人影与电线杆破坏了这画面的整体布局，好像不该出现在这里。四下静悄悄，似乎只有在我们头顶上高高的某个地方，传来电报机器嘟嘟响着的乏味曲调。

我们费劲爬上路堤，从这里的高度俯望大地。离我们大约五十丈[1]远的地方，那里的坑洞、沙堆与夜雾汇集连成一片，闪耀着一盏朦胧的灯火。在那盏灯之后亮着另一盏，之后有第三盏，离百步之后，一旁亮着两只红色的眼睛——大概是某间工寮的窗户——接下去，那样的灯火有一长排，越来越密也越朦胧，沿铁路线延伸至地平线那端，然后转半个圈朝左方而去，消失在遥远的夜雾中。灯光静止不动。在这些灯火、夜晚的寂静，以及在电报机器的郁郁闷响中，感觉得出有什么在共同密谋。好像有某个重大的秘密被掩藏在这路堤下面，只有这些灯火、夜晚、电线才知道……

“眼前这一切真是天赐美妙，主啊！”阿纳尼耶夫呼一口气，“这么辽阔无边美丽无际，无尽的丰饶啊！这是什么样的路堤！老兄，这个简直不是路堤，而是整座勃朗峰啊！价值百万……”

赞叹着灯火与价值百万的路堤，喝醉了的工程师同时神情感伤地拍一拍大学生冯·史腾堡的肩膀，用玩笑的语气继续说：

“米哈伊罗·米哈伊雷奇，您怎么沉思起来了？大概是看到自己亲手做的工程很愉快吧？这个地方去年还是个光秃秃的草原，半个人影都没有，而现在您看看：有生活，有文明！这一切多么美好啊，真的！现在我和您一起建造这条铁路，我们之后再过一两百年，善心人士会在这里盖起工厂、学校、医院，然后就

1　此处指俄丈，下文亦同，一俄丈为二点一三米。

一片欣欣向荣喽！是吧？”

大学生手插进口袋站着不动，眼睛没有离开灯火。他没听工程师说话，心里在想一些事情，看得出来，他常遇到这种不想说话也不想听话的时候。在漫长的沉默之后，他转身面对我静静地说：

“您可知道，这些无尽的灯火像什么东西？它们唤起我的想象，想到某种早已消逝的、数千年前的东西，类似亚玛力人或非利士人[1]的战斗阵营。就好像这种《圣经·旧约》里的民族，他们驻扎了军营，等待着黎明将要与扫罗或大卫交战。只差号角声，再加上卫哨兵用那种埃塞俄比亚语之类的传呼声，就会让这个幻象更完整。”

“也许吧……”工程师同意。

然后，好像是老天故意安排似的，一阵风沿着铁路线吹过来，传来类似刀剑锵锵的声响。大家好一阵子没说话。我不知道工程师和大学生现在在想什么，但是我已经有感觉，我确实在面前看到了所谓早已消逝的民族，甚至听到卫哨兵说着听不懂的语言。我的脑海很快浮现出军帐、异邦人，以及他们的奇装异服和盔甲……

“对，”大学生若有所思地喃喃说着，“曾几何时，这个世上

1 亚玛力人（Amalekites）、非利士人（Philistines），皆是与以色列为敌的古老民族，《圣经·旧约》中多次提到。

住着非利士人和亚玛力人，大举用兵，扮演着某种角色，而现在他们却消逝无踪。我们也将会如此。现在我们建造铁路，站在这里深论哲思，但是过了两千年，从这个路堤和现在所有辛苦工作后正睡觉的人们身上，不会留下一点痕迹。说穿了这就很可怕！”

“您丢掉这些想法吧……”工程师一副教训的口吻严肃地说。

“为什么？”

“是因为……有这样想法的人应是想结束生活，而不是开始生活。这些想法对您来说还太年轻。”

“到底为什么？”大学生再问一次。

“这些关于人生短暂、无用、无意义的想法，关于死亡不可避免，关于死后徒黯然，等等，所有这些高深的想法，我的小可爱，在年纪大的时候谈论我会说很好也很自然，当这些想法是长期心灵运作且备受磨难后形成的，确实就会是智慧的财富；但是对年轻人的脑袋来说，才刚开始独立生活就有这样的想法是不幸的！不幸啊！”阿纳尼耶夫挥一挥手重复说着，“我认为，在您这个年纪，最好是没头没脑地去做事，也好过去想这些问题。我说公子爷啊，我是很认真的，而且我老早就想要跟您谈这件事了，打从我第一天认识您就注意到您特别偏爱这些该死的想法！”

“主啊，为什么这些想法该死？”大学生笑着问，从他的声音和表情看得出来，他对工程师的言语挑衅丝毫不感兴趣，回答只是出于单纯的客套。

我困得眼睛睁不开了。我期待着，在外面走一走之后我们马上要互道晚安便去睡觉，可是事与愿违。当我们回到工寮，工程师把空酒瓶收拾到床铺下，再从一个大编篓中拿出两瓶新酒，打开瓶盖，坐在自己的工作桌前，摆出一副想要继续喝酒、聊天，又一边做事的姿态。他就着玻璃杯喝一小口，用铅笔在施工图上做些标记，然后接着向大学生论证他那种想法不恰当。大学生坐在他旁边，检查一些账目数字，没说话。他像我一样，都不想说也不想听了。为了不妨碍他们工作，我坐到桌子另一边工程师的那张歪脚的行军床上，感觉无趣，每分每秒都在等待他们提议上床睡觉。已经半夜十二点了。

由于无事可做，我便观察起新认识的朋友。我以前从没见过阿纳尼耶夫和大学生，才刚刚在前面所说的那个夜晚与他们相识。那天晚上很晚我从市集骑马要回一位地主家，我在那里做客，但在黑暗中走错路迷路了。我在铁路线附近打转，眼见暗黑夜色渐沉，我想起了传闻中的“铁路上的赤脚流氓”，无论徒步或骑马的过客都难逃他们的埋伏，我心里害怕，经过第一间工寮就赶紧敲门。我就在这里遇到阿纳尼耶夫和大学生，受到他们的殷勤招待。尽管素昧平生偶然相遇，我们却很快熟起来，交了朋友，一开始我们喝茶，再喝葡萄酒之后已经感觉到彼此仿佛认识了好几年。大概一个小时之后，我已经清楚他们的来历，以及命运如何把他们从首都送到这个遥远的草原上，他们也认识了我，知道我做些什么想些什么。

工程师阿纳尼耶夫，他的名字与父名是尼古拉·阿纳斯塔谢维奇，是个肩膀宽厚结实的人，从外表看来，他已开始像奥赛罗[1]那样“朝暮年的山谷下去”，还虚胖了起来。他也是媒婆们所津津乐道的“正值青壮的男人”，就是说不年轻也不老，喜爱吃好喝好，赞叹过往，走几步路就喘，睡觉鼾声大作，对待身旁的人总是一副安详平和的好心肠，是正派规矩的人才有的，这种人一旦晋升到校官军阶，往往会开始变胖。他的头发和胡子离花白的时候还早，可是他已经不由自主、毫无自知又高傲地称年轻人“我的小可爱”，并觉得似乎有权可以善意地轻轻责备晚辈的想法。他的谈吐举止冷静稳健又自信，像是一个充分知道自己已经是在社会站稳脚跟的人，这种人有固定工作和收入，对凡事都有定见……从他肥大的鼻子、晒黑的脸庞和肌肉发达的脖子看来，好像在说：“我衣食无缺、身体健康、心满意足，你们年轻人将来也会有这一天，像我一样衣食无缺、身体健康、心满意足……”他穿着一件侧开口立领的印花布衬衫和宽大的亚麻布裤子，裤脚塞进一双大靴子里。从一些小细节上，例如那条彩色的粗毛线腰带、绣花纹的衣领、衣袖手肘上的补丁，我能够猜得到他已经结

1　莎士比亚悲剧《奥赛罗》（*Othello*）的男主角。

婚，而且很可能老婆很爱他。

冯·史腾堡男爵，他的名字与父名是米哈伊尔·米哈伊罗维奇，交通高等学院的学生，很年轻，二十三四岁。他有浅褐色的头发和稀疏的胡子，还有或许是他脸形轮廓上的粗犷和冷峻，令人联想到他出身于波罗的海那里的贵族，而其他的一切——名字、信仰、思想、态度与表情，都是标准俄国式的。他穿着跟阿纳尼耶夫一样的印花布衬衫，只是衣下摆没塞进裤腰，穿大靴子，有点驼背，很久没剪头发，晒得黝黑，他不像是个大学生、男爵，而像是个普通的俄国手工匠学徒。他不太说话也不太动，酒喝得不干不脆，没什么胃口，核算账目数字的时候像机器一样无意识，还有他好像总是在想什么心事。他的谈吐举止也一样冷静稳健，可是他的冷静完全是另外一种，跟工程师不一样。他那张黝黑、略带嘲笑、若有所思的脸，看人的眼睛有点蹙眉不信任的样子，整个人上上下下表现出一种心灵上的空寂、脑袋慵懒……看起来仿佛对一切都无所谓，无论他面前的灯是不是有点亮，酒好喝与否，核算的数字是否正确……在他聪明冷静的脸庞上，我读出："不管是固定工作、固定收入，或凡事都有定见也好，我至今还没从这里面看到什么好处。这一切都是胡扯。我曾住在彼得堡，现在我在工寮里，秋天我又要从这里去彼得堡，然后春天再回到这里……从这一切中能得出什么道理或好处，我不知道，而且谁也不知道……所以，这根本没什么好说的……"

他没兴趣听工程师的话，一副高傲的漠然，像是军校高年级生听着走来走去的好心老兵唠叨一样。似乎工程师所说的一切，对他而言太老套了，要不是他懒得说话，他应该会说点更新鲜更聪明的话。阿纳尼耶夫同时间并没有停下话来。他已不再用好声好气的玩笑语气，转而严肃地说，话语中甚至冒出了激愤之情，这模样完全跟他那冷静的表情不搭调。看来，他无法平心面对抽象的问题，他爱这类问题，可是又不太擅长也不太习惯去讨论。这样的生疏严重影响到他的语言表达，因此我没能马上理解他在说什么。

“我一心痛恨这些想法！”他说，“我自己在年轻的时候就因为这些想法而变得病态，现在还无法完全摆脱它们，我告诉你们——要么就是我笨，我才无法领会这些想法的其中奥妙——结果除了罪恶，它们没带给我任何益处。实在够清楚了吧！这些关于生活、世界的无意义与人生短暂，或者所罗门国王所谓的‘虚空的虚空’[1]的想法，从古至今在人类思想领域中一直是最高最终端的阶段。思想家到达这个阶段，然后就停摆了！再下去就无处可走得更远。正常人的脑袋活动至此完全终结，这既自然又合乎事物的常规。我们这种人的不幸就在于，我们恰恰是从结束那端开始思考。正常人在哪儿结束的，我们就从哪里开始。我们的脑

1 “虚空的虚空，凡事都是虚空。”——以色列国王所罗门的话，语出《圣经 · 旧约》“传道书”第一章。

袋才稍稍开始独立活动，第一步就要费劲直接爬上最高最终阶段，也不想去了解那些较低的阶段。”

“这有什么不好的？”大学生问。

“您要了解啊，这是不正常的！”阿纳尼耶夫大喊一声，几乎是愤愤地望着他，“如果我们不肯一步步从低阶而上，一下就想找到攀上高阶峰顶的方法，那么整个长长的阶梯，也就是说整个人生与其伴随而来的色泽、声音、思想，对我们来说就完全丧失了意义。在你们这个年纪，有这样的想法只会造成灾难和荒谬，如果您理性自主地一步步踏实过生活，您就可能了解的。假设，您在这当下坐着读点达尔文或莎士比亚。您才刚读完一页，那毒药似的想法就开始影响您：然后您的漫长人生，以及莎士比亚和达尔文，在您眼前都变成胡扯和荒谬，因为您知道自己最终会死去，莎士比亚和达尔文也早死了，他们的思想并没有拯救他们自己，也没有拯救他们的世界，更不用说来拯救您了，照这么说来，生活既然终究会丧失意义，那么所有那些知识、诗歌、崇高的思想，都只是给成年大孩子的无益消遣、空虚的玩具而已。因此您读到第二页就不会想再读下去了。又假设，现在有人来找您，就像来请教智者一样问您意见，例如哪怕是问到战争：战争是否必要，是否道德？您对这个可怕问题的回答也只是耸耸肩膀，还是局限在那几句话，因为对您而言，在您的思考态度下，一定是怎样都无所谓，不管是几十万人被迫死去或自然死去：任何一种情况的结果都一样——全部终究会成为灰烬且被人遗忘。我和您正在修建铁路，那么要请问，如果我们知道这条铁路在两千年后将化作尘土，我们为何要绞尽脑汁发明，摒除旧规，可怜那些工人，或者关心有没有人贪污呢？诸如此类，等等的……您得同意，在这种负面思考方式下，不会有科学、艺术上的进步可言，连思想本身也不会有丝毫进展。我们以为自己比大众或莎士比亚要聪明，事实上我们的思考活动不会有任何结果，因为我们不想要朝下方去，而朝上却无处可去，于是我们的脑袋便这样冻僵在冰点上——毫无进展……我以前被这样的想法压抑了将近六年，我可以向你们对天发誓，在那整段期间我没有读任何一本对我有帮助的书，一点都没有变得更聪明，也丝毫没有丰富我的道德信念。难道这不是不幸？还有，我们荼毒自己也就罢了，可是我们还把毒药带给我们周遭的人。我们要是能够带着自己的悲观主义脱离现实生活就好了，搬到洞穴里面去隐居或者赶快死掉也就算了，不然的话我们还是得循着普世规则生活，去谈感情，爱女人，养孩子，修铁路！”

“有我们这种想法的人，看待任何事情都是不冷不热……”大学生勉强搭话。

“不，您这已经太过——啊，抛开这种想法吧！您还没经历过该有的人生，看看等您到我这把年纪的时候，老兄，您就会知道厉害了！我们这种想法没有如您所想的那么无害。在现实生活与人际交往里，这种想法只会带来可怕愚蠢的后果。我就亲身经历过这样的状况，连那种最坏的鞑靼人[1]我都不愿让他们过这种生活呀。”

“例如？”我问。

“例如？”工程师重复这个问题，他想了想，微笑一下后说，“例如，哪怕拿这件事来说吧。事实上，这不单是个事件，还是一部长篇爱情小说，有开端有结局。这是再好不过的教训了！啊，真让我领教了！”

他给大家和自己倒酒，喝干后用手抚一抚自己宽阔的胸膛，接下来他的故事更多时候是对着我说，而不是大学生了，他继续说：

“这发生在一八七〇年代的某个夏天，战后没多久，我刚从学校毕业，前往高加索地区，沿途在某滨海城市停留了五天。这个让我觉得极舒适温暖又美丽的城市，在首都人的眼里却是那么无趣又糟糕，简直像是楚赫洛玛或卡什拉[2]之类的古旧小城一样，必须告诉你们，我是在这个城市出生长大的，所以就没什么好奇怪的了。我怀着感伤走过我曾经读过的中学，漫步在我非常熟悉的市区花园，并感伤地想要就近去看看这里的人，看那些很久没见但还铭记在心的人……面对这一切都带着无限感伤……

1 鞑靼人，指蒙古统治俄国时期带来的多支草原民族，俄国习惯以鞑靼人概括简称。

2 楚赫洛玛（Chukhloma）位于科斯特罗玛省，卡什拉（Kashira）位于莫斯科省，都是俄国的古老小城。

“然后有一晚，我到一个所谓的‘隔栏地’[1]。这是一片范围不大枝叶稀疏的小树林，在以前某个被淡忘的瘟疫时期确实曾当作隔离检疫之地，现在则开发成了别墅区。那里要从市区乘车走平坦的路，走上四里才到。沿途左边是蔚蓝的海水，右边是无尽的郁郁草原，呼吸舒畅，眼界爽阔。小树林本身坐落在海边。打发马车走之后，我走进熟悉的大门，第一件事便朝着小径去到一座不大的石亭子，那是我小时候喜爱的地方。这座由拙劣圆柱撑起的圆形亭子，状似笨重，结合了古老墓碑的抒情调调与索巴凯维奇[2]的那种粗犷，我认为这里是整个城市最诗意的角落。亭子立于岸边最陡峭之处，从那里可以望见绝美无比的海景。

“我坐在石凳上，弯身越过栏杆看着下方。有一条小径从亭子沿着陡峭到近乎垂直的海岸而下，穿过黏土大石块和一些钩刺头状花序植物。在小径终点的那里，下面远处的沙岸旁，一阵阵微弱海浪慵懒地拍起泡沫，温柔地打着呼噜。海水依旧是那么雄伟无边、难以亲近，跟七年前我从中学毕业离乡到首都时一模一样，远方有一缕暗沉沉的烟雾——是轮船在行驶，除了这缕稍微看得到的静止烟痕，以及水面上闪动的海鸥，此外就是一片单调的海景和天空了。亭子的左右两边都是凹凸不平的黏土地质海岸

1　隔栏地（Karantin），音译地名，原意为隔离检疫区。

2　索巴凯维奇（Sobakevich），俄文字面上原意为“狗儿子”，此名出自果戈理《死魂灵》中的一个地主，他的形象是粗野的，有熊一般的身材。

向外延伸而去……

“您可知道，当一个心情忧郁的人单独面对海的时候，或者面对这整片对他来说很壮丽的景致时，在他的忧郁中总会莫名掺和着一种笃定，让他以为会在默默无闻中度过这一生便死去，于是便会不自主拿起铅笔赶紧在眼前所及之处写下自己的名字。这大概就是所有类似这种亭子的孤僻角落，总是会有铅笔涂鸦和小刀刻字的原因。我现在还记得，那时候我看着栏杆上的留言读出声来：‘伊凡·科罗里科夫到此一游留念，一八七六年五月十六日。’而隔壁的签名显然是当地某个爱幻想的人，还留了一句诗：‘在浪波荒寥的岸边，他站着满怀崇高的思想’。[1]这人的笔迹看得出他耽溺幻想，颓废得像湿了的绸缎。另外，还有一个叫克罗斯，真是好一个克罗斯，大概是极度卑微渺小的人，才这么强烈地感受到自己的无用，他很坚决地用小刀刻下自己的名字，刻得深到好几寸的字母。我也自动从口袋里拿出铅笔，在一根圆柱上签了名。对了，这些都跟我要说的故事无关啦……抱歉，我不善于长话短说。

“我发着愁，也感到有些无聊。无聊、寂静和海浪的呼噜声，慢慢将我带到我们刚刚所讨论的思想里去。当时是七十年代末，那种思想才刚在大众之间流行起来，到了八十年代初期，渐渐从大众转到文学、科学和政治领域上。我那时不到二十六岁，但我

1　普希金长诗《青铜骑士》第一句。

已经清楚知道生活是漫无目的也毫无意义的，知道一切都是谎言和虚幻，知道萨哈林岛的苦刑生活和尼斯的蔚蓝海岸生活就本质和结果而言毫无差别，知道康德与苍蝇的脑子也没有重大的差别，知道这世界上没有人绝对是对或错，知道一切都是胡说八道和废话，就让这一切都见鬼去吧！我活着，而且仿佛用这种想法来支持迫使我活下去的神秘力量，还说：神秘的力量呀，你看，我对生活一点都不在乎，也活得下去！我以这种特定逻辑的思维去想事情，但可以扩及各种可能的层面，就这点看，我像是那种心思细密的美食爱好者，给我一颗马铃薯我就能做出上百种美味的料理。无可置疑，我是有偏见的，在某种程度上甚至很狭隘，但我那时候觉得，我的思维方式既无开端也无结束，因此不就跟大海一样辽阔无边嘛。唉，就我能批评自己的程度来看，这样的思想本身有某种吸入会导致麻痹的东西，像烟草或吗啡，它成了习惯和需要。无论孤单或舒适时候的每分每秒，我都不停歇地以这种生活本无益和死后徒黯然的思维方式来满足自己意识形态的淫欲。我坐在亭子里的时候，在林荫道上有一群高鼻子的希腊小孩子有秩序地散步过去。我抓住这个好时机，瞧他们一眼后便开始以这种方式思索：'请问，这些小孩干吗要出生，干吗要活着？他们的存在是否有任何一丝丝意义？他们自己也不知道为了什么长大，没有任何必要地活在这个偏远之地，然后死去……'

"随后我甚至开始对这些小孩感到懊恼，因为他们有秩序地走着，谈论着一些内容丰富的事，仿佛实际上他们对自己渺小平淡的生活并不觉得低贱，也好像知道自己是为了什么而活……我记得那时在林荫道远处尽头出现了三个女人的身影。真是不赖的小姐——一个穿着粉红色连衣裙，另外两个穿白色的——她们手牵手并排走过来，边聊边笑。我的眼睛盯着她们，心里盘算：'趁这两天无聊的时候要是能泡上个女人多好！'

"同时回想起，我跟彼得堡的女朋友最后一次见面已经是三个礼拜前的事了，想到现在来个一夜情对我来说真是恰恰好。中间那位穿白衣服的小姐好像比同伴更年轻美丽些，从她的举止和笑容看来，应该是中学高年级的学生。我看着她的胸部心里不无邪念，这时候我想着她的未来：'她现在学习音乐与仪态，将会嫁给一个什么人呢，老天原谅，恐怕只会嫁给一个希腊佬吧，她将过着灰暗愚蠢的生活，过着毫无意义的生活，她自己也不知道为什么她将会生出一大堆小孩，然后死去。荒谬的生活啊！'

"总之，必须说，我根本是个玩弄技巧的匠师，擅长把自己的崇高思想和最卑劣的庸俗完美结合。死后徒黯然的想法并不妨碍我对女人的胸部和美腿付出该有的重视。我们这位可爱的贵族少爷一样有着崇高无比的思想，但也一点都不妨碍他每个礼拜六去伍科洛夫卡找女人，在那里寻欢作乐。坦白说，就我记忆所及，我对女人的态度是极度侮辱人的。就拿眼前的来说，想到那位女中学生我就会为那时候的念头脸红，而那时我的良心却是完全平静的。我是出生在好人家的小孩，信仰基督，拿到高等教育学历，天性不坏也不笨，可是当我像德国人所说的赏点‘皮肉钱’[1]给女人，或者当我用侮辱的眼光盯着女中学生，都不会觉得有丝毫的不安……问题出在，青春自有一套权利，不管是好是坏，我们基本上不会反对这样的权利。谁要是知道了生活本无益、死亡不可免，那么面对与自然环境的争斗，面对分辨罪恶，就会非常平静：无论争或不争——一切都无所谓，因为人难免一死，肉体难逃腐烂……再者，各位先生，我们这种思想甚至在非常年轻的人身上引发了所谓的理性。理性优势地控制了我们身上的感性。直接的感觉、灵感——这一切都被肤浅的理性分析所掩盖了。理性所在之处便有冷漠，而冷漠的人，犯错也没什么好隐瞒的，他们不知道纯洁为何物，这样的美德只有亲切热心又能爱人的人才会知悉。还有，我们的思想否定生活的意义，更否定每一个独立生命体的意义。因此很清楚了，要是我否定比如像是娜塔莉雅・斯捷潘诺夫娜这个人的话，那么对我来说，她是否被侮辱就完全无所谓。如果今天我羞辱她的人格，就赏点‘皮肉钱’给她了事，那明天我就不会再记得她了。

“就这样，我坐在亭子里观察那些小姐。此时，在林荫道上又出现另一位女人的身影，她那浅色的头发上没有帽子遮盖，只

1　原文为德文，下文亦是。

在肩膀上披着白色针织围巾。她在林荫道上散了一会儿步，然后走进亭子，抓着栏杆心不在焉地望一望下方和远方海面。她走进来完全没有朝我看，仿佛没注意到。我从她的脚瞧到头（可不是像看男人一样从头瞧到脚），发现她很年轻，不超过二十五岁，外表甜美，体态姣好，极可能已经不是个闺女小姐，而是那种出嫁了的良家妇女。她穿着居家服装，但有时髦的品位，一如这个城市里有教养的女士们的穿着。

"'要是能泡上这位才好……'我望着她美丽的腰身和手臂，心里起了这个念头，'还不错……她应该是本地某个土医生或中学老师的太太……'

"然而要与她交往，也就是说，要把她当作那种投游客所好的逢场作戏的女主角来弄到手，并不容易，也不太可能。我端详着她的脸庞，心里有这样的感觉。她的眼神和表情都仿佛深似大海的样子，远方的烟尘和天空早就令她厌倦，使她的目光疲惫不已。她显得疲累、无聊，想着一些不愉快的心事，还有，当她感觉到自己身旁出现一位陌生男子的时候，神态依然故我，不像一般女人脸上几乎都会勉强做出慌忙的漠然表情。

"这个金发女人转瞬间状似无趣地瞧我一眼，到石凳上坐着并陷入沉思，我从她的眼光看出，她对我没兴趣，我这种一副首都面孔的人激不起她的一丝丝好奇。但我终究决定要去跟她搭讪，便问她：

“‘女士，容我请教，从这里到市区的大客车几点发车？’

“‘好像是十点还是十一点……’

“我道谢。她看了我一两眼，在她的冷漠面容上突然闪过一点好奇，随后出现略带惊讶的表情……我赶紧装出一副无所谓的样子，摆出该有的表情姿态：她快上钩吧！她呢，仿佛有什么东西蜇痛她，忽然从石凳上站起来，温婉地微笑一下，急忙地打量我整个人，羞怯地问：

“‘请听我说，您不会是阿纳尼耶夫吧？’

“‘是，我是阿纳尼耶夫……’我回答。

“‘那您不认得我了吗？不认得了吗？’

“我有点尴尬，仔细看看她，你们可以想象一下，我认出她不是从她的脸蛋，也不是身材，而是从她那带有倦容的温婉微笑。这位就是娜塔莉雅·斯捷潘诺夫娜，或者我们以前都叫她小猫咪，就是七八年前我还穿着中学制服时，曾经疯狂爱恋的那个女孩。这是陈年往事，埋在心底深处的老故事了……我记得，这个小猫咪是一位身材瘦小的十五六岁中学生，那时候她丽质天生，一副柏拉图式爱情对象的模样，很合中学男生的品位。真是美极了的女孩子！苍白、脆弱、轻盈——好像对她吹一口气她就会像羽毛似的飞走，飘在天空里——小脸蛋一副不解世事的样子，小手玲珑，柔软的长发绵绵及腰，腰身如黄蜂般纤细。总之，她身上有某种轻盈剔透好似月光般的特质，简单一句话，从中学生的眼光来看，她的美无法以笔墨形容……我爱上了她——爱死了！我夜晚无法入睡，写着诗……有时候，她晚上会坐在市区花园的石凳上，我们这些中学男生在她附近聚了一堆，虔诚地欣赏着她……对我们的所有赞美、装模作样、叹息，她的回应仅仅只有因夜露湿冷而紧张地瑟缩起来，还有皱着眉头温婉地微笑，就是这个时候她像极了一只小巧漂亮的小猫咪，我们在一旁看着她的时候，同伴之中总有人想要去亲亲她爱抚她，像对待一只小猫咪那样——她的绰号就是这么来的。

“这七八年我们都没见面，小猫咪变化太大了。她变得结实一些，丰腴了些，完全不像是原来那只柔软蓬松的小猫咪模样。她的外貌不是说年老色衰了，而是仿佛变得暗淡无光，变得严峻了，头发短了，个子高了，肩膀几乎宽了一倍，主要是，她脸蛋上已经出现了母性和顺从的表情，那是上了年纪的良家妇女才会有的，我从前绝对没有在她脸上看过这样的表情……简单说，只有一个东西从往日的中学生和柏拉图式爱情的对象身上保全至今，那就是她温婉的微笑，别无其他了……

“我们聊了一阵子。小猫咪得知我已经当了工程师，她高兴得不得了。

“‘这真是太好了！’她说，高兴地望着我的眼睛，‘啊，太好了！你们全都太棒了！你们那届毕业生没有一个是不成功的，都出人头地了。一个是工程师，再一个是医生，另一个是老师，

还有一个听说目前在彼得堡是名歌手……你们全都太棒了！啊，这真是太好了！’

“在小猫咪的眼里闪耀着由衷的快乐与关怀。她像个姐姐或当年的女老师一样欣赏着我。我看着她可爱的脸庞，心里念着：‘要是今天能够泡上她就好了！’

“‘您记不记得，娜塔莉雅·斯捷潘诺夫娜，’我问，‘有一次在花园里我送您一束花附了小字条？您读了字条后，却是一脸莫名的困惑……’

“‘不，这事我不记得，’她笑一下说，‘我倒是记得另一件事，您为了我想找弗罗伦斯决斗……’

“‘唉，这个我……您能想象吗，反而不记得了……’

“‘是啊，这些都过去了……’小猫咪叹一口气，‘我曾经在你们心目中备受崇拜，而现在轮到我要从下方仰望你们这些人了……’

“接下来的对话中，我知道小猫咪在中学毕业两年后嫁给了一个当地居民，是个希腊裔俄国人，不是在银行就是在保险公司工作，同时经营小麦买卖。他的姓氏有点古怪，好像类似叫波普拉奇或斯卡兰多普洛……鬼才知道，我忘了……总之，小猫咪关于自己讲得很少，也不太想讲。谈话中多半只顾谈我。她问了我许多问题，关于高等学院、我的同学、彼得堡和我的计划，等等。我所说的每句话她都感到雀跃高兴，并赞叹：‘啊，这真是

太好了！'

“我们走下去到海边，在沙滩上散步，之后当海面散发着日暮后的湿气，我们就往上走回来。聊天中总是谈着我，谈着过往。我们走啊走，直到晚霞的倒影在一栋栋别墅的窗户上渐渐暗淡。

“‘到我那里喝点茶吧，’小猫咪向我提议，‘茶炊应该早就在桌上了……只有我一个人在家，’她说，这时我们穿越一片洋槐树荫看到了她的别墅，‘我先生总是待在城里，只在夜里回来，而且不是每天回来，坦白说，我在这儿无聊得简直要死了。’

“我跟在她后面，欣赏着她的背后和肩膀。我很高兴她结婚了，对这种一夜情来说，结了婚的女人比起未婚小姐更适合。她的先生不在家，也让我暗自高兴……然而与此同时我却还有一种感觉：这次不会成的……

“我们走进屋子里。小猫咪的房间不大，天花板低矮，家具是别墅式的（俄国人就爱在别墅里摆一些不舒适、沉重又暗淡的家具，就是那种弃之可惜又无处可摆的），可是在一些细节上倒可以看得出来小猫咪夫妻俩过得还不差，一年要花费五六千卢布才过得起这样的生活。我记得在房与房之间，小猫咪称作饭厅的那间，摆的那一张圆桌莫名其妙有六只桌脚，桌上有一个茶炊和一组茶杯，桌边放着一本摊开的书、铅笔和笔记本。我瞧一眼那本小书，发现那是我们小时候念过的玛利宁和布雷宁合著的算术习题库。书本摊开那页，就我记忆所及，是‘按比例分配’。

“‘您跟谁在做这习题？’我问小猫咪。

“‘没跟谁……’她回答，‘这是我太……无聊又无事可做，我回想起旧日时光，就做做以前的作业。’

“‘您有小孩吗？’

“‘曾经有过一个小男孩，但只活了一个礼拜就死了。’

“我们开始喝茶。小猫咪欣赏着我，一再说我是工程师有多么好，还有她为我的成就高兴。她说得越多就微笑得越真诚，让我变得更加确信：这次我恐怕搞不定她，要空手而归喽。那时候的我在偷情领域已经称得上专家，我能够精准估量出自己成功或失败的概率。要是您是去猎艳找个头脑简单的女人，或跟您一样想冒险和追求新鲜感的人，或那种您不熟悉的手腕高明的女人，您都能估算出会成功。但如果您遇到的女人不傻、认真，脸蛋显出温顺的倦容和关怀，她对您的出现感到由衷高兴，主要还是她尊重您，这样的话您可能就要空手而归了。这种情况下如果想要成功，必须花更长的时间，要一天以上。

“在夜光下的小猫咪好像比在白天更有味道了。我越来越喜欢她，看起来她也对我有好感。就是这样的气氛最适合偷情：先生不在家，仆人也不见，周遭静悄悄……尽管我觉得成功的机会小，但我还是决定无论如何都要发动攻势。首先，必须改用亲昵的语气说话，这样子小猫咪她那多愁善感又认真的情绪才会放轻松一点……

“‘娜塔莉雅·斯捷潘诺夫娜，我们换个话题聊吧，’我先说，‘说点什么欢乐的事情吧……首先请允许我用旧日回忆来称呼您小猫咪吧。’

“她同意了。

“‘请告诉我，小猫咪，’我接着说，‘这里的女人是怎么搞的？她们是怎么了？以前她们都这么有道德、品行高尚，而现在，得了吧，不论你问谁，大家都说一些只让人觉得可怕的事……一位小姐跟军官跑了，另一位诱惑了自己的男学生一起跑了，第三位是结了婚的小姐出轨跟一位演员跑了，第四位也是出轨跟军官跑了，诸如此类，等等的……整个像成了传染病啊！这样下去，很快在您的城市里可能连一个小姐、一个少妇都不剩了！’

“我用一种庸俗、调戏的语气跟她说。假如小猫咪用笑来响应我，那么我就会继续用这个调调说：‘啊，小猫咪，您要当心点，别让哪个军官或演员把您给拐跑喽！’然后她可能会放低目光说：‘谁想要拐我这种人呢？比我更年轻漂亮的多的是……’那我就会跟她说：‘别说了，小猫咪，要是我就乐得第一个把您给拐走呀！’如果双方用这种调调接着说下去，最后我的计划就会大功告成。然而，小猫咪响应我的不是笑容，相反地，她一脸严肃叹了口气。

“‘传言说的这一切，是真的……’她说，‘丢下丈夫跟演员跑了的那位是我表妹索妮雅，当然，这是不好的……每个人都应该忍受命运的安排，可是我不会批评她们，也不会怪罪……有时

候环境的形势比人强啊！’

“‘话虽如此，小猫咪，但是什么样的环境能够蔓延出这一整片传染病人呢？’

“‘这很简单明了……’小猫咪扬起眉头说，‘在我们这里的知识阶级女孩和妇女根本走投无路。像要去上大学或进师范学院，完全像男人那样依照理想和目标去过生活，并不是所有人都可以办得到的。必须得嫁人求个依靠……而要叫她们嫁给谁呢？像你们这些小男孩，读完中学就离乡去上大学，然后在首都结了婚，这样就可以永远不用返回故乡了，但我们这些女孩子却一直都留在这里！……到底要叫她们嫁给谁？唉，因为有见识的规矩人家少之又少，天晓得要嫁给谁，嫁给中介生意人或者希腊佬嘛，他们只会喝酒在酒吧里闹事……女孩子就这么嫁出去白白浪费了……之后会有什么样的生活？您自己也了解，有教养有知识的女人怎么跟一个愚蠢的莽夫共同生活。要是她一旦遇上个有见识的男人，不管是军官、演员或医生，就爱上了，原先的生活便让她感到无法忍受，于是她丢下丈夫跑掉。这不能去批评她们的！’

“‘如果这样，小猫咪，那么为什么要嫁人呢？’我问。

“‘当然，’小猫咪叹一口气，‘要知道每个女孩子都觉得，不管是什么样的丈夫，最好能有也好过没有……总之，尼古拉·阿纳斯塔谢维奇，这里生活不好，非常不好！以前还是女孩的时候闷，结了婚之后也闷……大家因为索妮雅跟人跑了嘲笑她，而且是跟一个演员跑了，如果大家能看一看她的内心苦处，那就不会笑她了……’”

门外的阿索尔卡又开始吠叫。它似乎对着谁凶恶地吠叫一声，然后哀愁地长嚎起来，全身猛撞工寮的墙壁……阿纳尼耶夫怜悯得皱起眉头，他中断了自己的故事走出去。没两分钟便听到他安抚着门外的狗：“好狗狗！可怜的狗啊！”

“我们的尼古拉·阿纳斯塔谢奇真爱讲话。”冯·史腾堡笑着说，“好人一个！”他沉默一下后补了一句。

工程师回到工寮后给大家倒酒，他笑着抚一抚自己的胸膛，便继续说：

“就这样，我的攻势没成功。无计可施，我把污秽的念头留到以后等待良机，我坦然面对自己的失败，就像所谓的——挥一挥手，算了吧。更何况，在小猫咪的说话声、夜晚的气氛和寂寥的影响下，我自己也渐渐坠入了多愁善感的静谧情绪中。我记得我坐在完全敞开的窗户旁的扶手椅上，望着树林和渐暗的天空。洋槐树与椴树的暗影轮廓依旧如八年前那般模样，还有，像在童年那个时候，远方某处也传来糟糕的钢琴声叮当作响，以及在林荫道上来来去去漫步的人群一样是那副神态，只不过人已经不是同样的人了。在林荫道上漫步的人不再是我，也不是我的同学，更不是我心仪的对象，而是另一批陌生的中学生和小姐。我变得忧愁起来。当我打听几位从前熟识的人至今如何，小猫咪一连回答了我五次：死了。我的忧愁变成一种感受，就是你会在追悼会上追念一个好人的那种感受。我坐在那边的窗户旁，望着散步的人群，听着叮叮当当的钢琴声，这辈子头一次亲眼看到，新一代人是多么贪婪地赶忙更替上一代人，在人生之中哪怕这些糊里糊涂的七八年时光，都有着要命的意义！

“小猫咪把一瓶圣托里尼葡萄酒[1]放在桌上。我干了一杯，变得十分激动，开始对一些事情大发议论。小猫咪聆听着，继续欣赏我和我的聪明才智。而时间流逝，天空已经暗得让洋槐树与椴树的轮廓融为一体，漫步在林荫道上的人群也已散去，钢琴声平息，只听得到海水的平缓喧嚣。

“年轻人都是一个样。您对年轻人亲切一点、疼惜一点看看，请他喝酒，让他了解他是您感兴趣的人，那么他就会占个大位子随随便便起来，忘记他是时候该要离开了，还一直讲一直讲，讲个不停……主人都困得睁不开眼睛，已经该是睡觉的时候了，而他却仍坐着自顾说话。我那时候也是如此，不经意看了一下手表：怎么已经十点半啦。我于是起身道别。

“‘喝一杯再上路吧！’小猫咪说。

“我干掉一杯，却又开始絮絮叨叨，忘记自己该走了，又坐

1　产于希腊的圣托里尼岛。据契诃夫的亲戚多尔仁科（A. Dolzhenko）的说法，契诃夫本人就喜欢喝这种葡萄酒。

了下来。然而不久后传来男人的声音，以及脚步声和靴刺的叮当响。有人从窗外走过，停在门口。

“‘好像我丈夫回来了……’小猫咪听着那些声音说。

“门啪啪地响，说话声传到了前厅，我看见两个人走过餐厅门：一位是又胖又壮的黑发男子，鹰钩鼻，戴草帽，另一位是穿着白制服的年轻军官。两人过门而去，漠然地对我与小猫咪瞄一眼，我觉得这两个人都喝醉了。

“‘就是说，她在欺骗你，而你却相信了！’没多久传来洪亮但鼻音很重的说话声，‘首先，这不是在大间的酒吧，只是小间的。’

“‘尤彼特，你生什么气，也可能你不对……’另一人边笑边咳嗽着说，显然是军官的声音，‘听着，我可以待在你这里过夜吗？你老实说，我不会让你不方便吧？’

“‘这是什么话？不但可以，本来就应该这样。你想喝点什么，啤酒还是葡萄酒？’

“他们两人在与我们相隔两间房的那头坐下来，大声说话，显然他们对小猫咪和她的客人都不在乎。而小猫咪打从她丈夫回来之后，发生了显著的变化。她开始脸红起来，之后她的脸上出现胆怯、犯错的表情，某种不安气氛笼罩着她，让我觉得她是羞于把丈夫介绍给我，想要我离开。

“我起身道别。小猫咪送我到门口台阶。当她握着我的手道别时，我忘不了她那温婉而忧伤的微笑，以及那双甜美温顺的眼眸，她说：

“‘大概我们以后永远不会再见面了……那么，但愿上帝保佑您一切都好。谢谢您！’

“没有一点感叹，也没有一点场面话。她手中拿着一支蜡烛向我道别，光点飞舞在她的脸庞和颈子上，仿佛在追赶她那忧伤的微笑。我心里想象着从前的小猫咪，曾经像是真的小猫咪一样任谁都想要轻抚一下，而此时我凝视面前的她，莫名想起了她说过的话：‘每个人都应该忍受命运的安排’——这让我心底真不好受。我的直觉告诉我，我的良心也对我这个幸福却漠然的人低语：在我面前站着一位美好的女人，对我满心关怀和爱意，而她自己却受尽折磨……

“我点头致意后走向大门。天色已暗。南方七月的夜晚来得早，天空暗得快。不到十点就已经暗得一片漆黑。我几乎是摸黑走到大门，这几步路还点了大概二十根火柴。

“‘马车！’我走出大门叫喊，但完全没响应，无声无息……‘马车！’我重复，‘喂，大客车！’

“然而，既没有马车也没有大客车。一片死寂。我只听到困倦的海水喧嚣声，还有因为喝了葡萄酒我心跳的怦怦声。我抬头望着天空——那里没有半点星子，暗沉阴郁，显然天空被云给遮盖住。我莫名地耸耸肩，傻笑着再一次叫喊马车，但声音已经没那么笃定了。

“‘车——车！’回音这么应着。

“在田野里步行了约四里路，依旧在漆黑中——前景堪虑。正在决定是否要继续往前走，我考虑许久，还试着叫喊马车，最后我又耸耸肩，懒洋洋地回到树林那里，不知道该往哪里去。树林里面暗得更是可怕。在树林之间某处有别墅的窗户发着朦胧红光。我用了一些火柴一路照着去亭子，被我脚步声惊醒的一只乌鸦给火柴亮光吓了一跳，从这棵树飞到那棵树去，弄得树叶沙沙响。我既懊恼又羞愧，乌鸦仿佛了解这点，嘲弄我叫着：嘎啦！我懊恼自己被迫得步行，我羞愧自己在小猫咪那里像个小孩子似的讲太多话，弄到这个地步。

“我终于走回亭子，摸到石凳坐了下来。下面远方浓稠漆黑之外的海水，静静地发怒低吟着。我记得自己好像是瞎子一样，看不到海，看不到天空，甚至看不到自己所处的那座亭子，在我眼前展现的这整个世界，仅仅由游荡在我酒醉脑袋里的思想，以及下方某处单调喧嚣的不可见之力所组成。之后我打起了瞌睡，我昏沉中以为喧嚣的不是海水，而是我的思绪，全世界仿佛只是由我一个人组成的。然后，我如此这般专注在我心中的世界，忘记了马车、城市、小猫咪，耽溺于一种我很喜欢的感受。这是一种可怕的孤独感，这时候您似乎以为，在暗黑无形的整个宇宙中只有您一个人存在。这感受高傲又险恶，只有俄国人才懂得，他们的思想和感受像他们的平原、森林和雪地一样那么辽阔无边又严峻。假如我是画家，那么我会立刻描绘出这样一个俄国人盘起脚坐着不动、双手抱头、陷入这种感受时的脸上表情……与这种感受并生的想法是——生活本无益和死后徒黯然……尽管这些想法一文不值，但脸上的表情应该是绝美的……

“我还坐着打瞌睡的时候感到温暖而平静，并没想要站起身——突然间，在平稳得一成不变的海水喧嚣之间，好像在这背景音乐之上，开始浮现出一些声音，引开了我的注意力，使我不再只关心自己……有谁匆匆地走在林荫道上。这个人走近亭子，停下脚步，像个小女孩似的呜咽一下，然后用一种小女孩的哭腔问：

“‘我的老天啊，这一切到底什么时候才会结束？主啊！’

“根据音调和哭声判断，这女孩十一二岁。她犹豫地走进亭子，坐下，开始大声祈祷，又像是在抱怨……

“‘主啊！’她拖长声音说着哭着，‘因为这已经让我无法忍受了！没有任何耐性可以承受这些事了！我忍耐，沉默，可是请了解，我想要生活啊……啊，我的老天，我的老天！’

“她完全就这一个样说不停……我想要看一看这个女孩子，跟她说说话。为了不吓到她，我便大声叹一口气，咳嗽一下，然后小心翼翼地划一根火柴……黑暗中亮光一闪，照出了那个哭泣的人。这是小猫咪啊……”

“真是太莫名其妙了！”冯·史腾堡呼一口气，“黑色的夜、喧嚣的海、受苦的她，还加上他怀着宇宙般孤独的感受……鬼才知道这是什么东西！只差没有带着匕首的切尔克斯人[1]。”

“我跟你们说的不是胡乱编的，是曾经发生过的真人真事。”

“好，就算是吧……这一点意思都没有，也早就已经听过了……”

“别这么看不起这事，让我讲完！”阿纳尼耶夫懊恼地挥一挥手说。“请别碍事！我不是跟您说故事，是跟医生……那么，”他转向我继续说，斜眼看看弯身忙着算账的大学生，大学生似乎很得意揶揄了工程师一下，“那么，小猫咪看到我，既不惊讶也没吓一跳，好像早就知道会在亭子里遇到我。她呼吸断断续续，全身颤抖得好像打摆子一样，我点燃一根根火柴，尽可能地仔细看看她那张被泪水浸湿的脸，已经不像之前那种聪明温顺并带着倦容的，而是某种不一样的、至今我怎么样都无法理解的脸。那张脸没有表现出痛苦、不安、哀伤，一点儿都不符合她的话语和眼泪所表现出的样子……我承认，大概因为我不了解，那张脸对我来说好像是无意义的、酒醉似的。

“‘我再也不能……’小猫咪用哭泣的小女孩的声音嘟囔着，‘我没力气了，尼古拉·阿纳斯塔谢奇，原谅我，尼古拉·阿纳斯塔谢奇……我不能够这样生活下去……我要去城里找我母

1　切尔克斯人，高加索地区的山民。

亲……您带我去……看在上帝的分上，带我去吧！’

“在哭泣的人面前，我不知道该说什么话，也难以保持沉默。我惊慌失措，喃喃地胡言乱语安慰着她。

“‘不，不，我要去找母亲！’小猫咪坚定地说，站起来不安地拉扯我的手（她的手和袖子都被泪水沾湿了）。‘原谅我，尼古拉·阿纳斯塔谢奇，我要去……我再也受不了……’

“‘小猫咪，可是现在一辆马车都没有啊！’我说，‘您要坐什么车去？’

“‘没关系，我走路去……那里不远。我再也受不了……’

“我很尴尬，但同情不起来。在我看来，不管是从小猫咪的眼泪、颤抖还是麻木的表情中，都感觉到一种不太认真的法国式或小俄罗斯式[1]的滥情音乐剧元素，为了一点点空泛廉价的哀伤就可以流出一大桶的眼泪来。我不了解她，我知道我不了解的话就最好应该保持沉默，可是不知道为什么，大概是怕我的沉默被理解成是一种愚蠢，我认为必须说服她别回娘家，该要待在家里才对。哭泣的人往往不爱别人看到他们的眼泪，而我却把火柴一根根地点燃直到盒子都空了。到现在我还是怎么也搞不懂，那时候我为什么这么不体贴用火光去照她。冷漠的人总是笨手笨脚，甚至愚蠢。

“最后小猫咪挽着我的手，我们就一起去了。走出大门后，

1　小俄罗斯即现今的乌克兰。

我们向右转慢慢走在松软的土地上。周遭一片黑暗，当我的眼睛渐渐适应黑暗，我开始分辨出一些老瘦的橡树和椴树的轮廓，它们沿着路两旁生长着。没多久，右方朦胧地现出一片不平缓又陡峭的海岸的黑暗地带，其中某处被一些不大的深邃峡谷及沟坑所横断。峡谷附近一丛丛不高的灌木坐落其间，像极了一群群坐着的人。这里变得可怕了。我多疑地斜眼瞄向海岸，海水的喧嚣和田野的阒静令人不快地惊扰我的想象。小猫咪沉默不语。她还在颤抖，才没走半里路，她就走累了，气喘吁吁。我也沉默。

“离‘隔栏地’一里处，矗立着一栋废弃的四层楼建筑，楼顶有一根高耸的烟囱，里面曾经有一座蒸汽式制面磨坊。这栋建筑孤零零地坐落在海边，白天可以从海上或田野上远远望见。由于已经废弃没住人，路过者的脚步声和说话声会在里面产生回音，清晰地重复着，因而让这栋建筑显得很神秘。这下请您想想看，我在这种暗夜里手牵着一个逃离丈夫的女人，到这个又高又长的庞然大物附近，它的回音重复着我的每一步脚步声，而且有上百扇黑漆漆的窗户动也不动地瞪着我。正常的年轻男子在这种环境下该会想尽办法来搞个一夜情才对，我则望着漆黑的窗户想：‘这一切是很诱人，但将来总有一天，到时候这栋建筑、小猫咪和她的哀伤、我和我的澎湃思绪，一个都不剩，徒留尘土……一切都是胡妄，虚幻一场……’

“当我们走到与磨坊并排时，小猫咪突然停下来，松开手想说话，但已经不是用小女孩的声调，而是转回自己的语调说：

“‘尼古拉·阿纳斯塔谢奇，我知道您觉得这一切很奇怪。但是我实在非常不幸！您甚至无法想象我不幸到什么程度！不可能想得到的！我没跟您细说，是因为连说都不能说……这样的生活啊，这样的生活……’

“小猫咪没说完话，咬紧牙呻吟着，她好像是尽量使出全力别让自己痛苦得呐喊出来。

“‘这样的生活啊！’她惊恐地再说一次，拉长声音用那种带点南方乌克兰娘们儿的腔调，这种腔调在女人身上特别会让激昂的话语带有唱腔的感觉，‘这样的生活啊！啊，我的老天，我的老天，这到底是怎么了？啊，我的老天，我的老天！’

“她仿佛想要看穿自己生活的秘密，不解地耸耸肩，摇摇头，拍着手。她说话仿佛在唱歌，婀娜多姿地走动，使我想起一位著名的乌克兰女演员。

“‘主啊，我真像是陷在泥坑里！’她激动得把手拗得咔咔响，继续说，‘哪怕只让我短暂地像一般人那样活在欢愉中也好！啊，我的老天，我的老天！我活在这样的羞耻中，半夜家里有外人在的时候还丢下丈夫离家出走，像个荡妇一样。发生这种事之后还有什么好下场？’

“我欣赏着她的举止和声音，为她与丈夫相处不睦而突然感到得意，‘要是能搞上她就好了！’我心里又闪过这念头，这个残酷的念头盘旋在我脑海里，一路上都不放掉我，而且越来越夸张地诱惑我……

“从制面磨坊走了约一里半的路，往市区必须左转经过一座墓园。在墓园转弯处的角落立着一座石砌的风车磨坊，再一旁有间小农舍，是磨坊工人住的地方。我们经过风车和小农舍，左转后抵达墓园大门。小猫咪停在那里说：

“‘我要回去，尼古拉·阿纳斯塔谢奇！您自己走吧，愿上帝保佑，我可以独自回去。我不害怕。’

“‘嘿,这下又来了！’我吓一跳,‘既然说要走,那就走吧……’

“‘我急躁也没用……要知道全都只是小麻烦。听您说话让我回忆起过往，让我心思纷乱……我很忧伤，想哭，丈夫在军官朋友面前粗鲁地说我，那样我就无法忍受……我为什么要去市区找母亲？难道这样做能让我变得幸福一点吗？我必须回头……不然……我们就再往前走吧！’小猫咪说着笑了一笑，‘反正都无所谓了！’

“我记得在墓园大门上有一句铭文：‘时候将到，现在就是了，死人要听见上帝儿子的声音’[1]，我清楚知道，那个时刻早晚会来临，无论是我、小猫咪和她丈夫、穿着白制服的军官，我们那时候都将躺在这围墙后的林荫深处；我知道与我同行的是一位不幸又受辱的人——这我都一清二楚，但同时却又有沉重且令人不快

1 语出《圣经·新约》“约翰福音”第五章。

的恐惧烦扰着我，就是小猫咪如果转身要回家，我就不能够告诉她我的内心话了。我脑袋里从来没有一个时候像现在这一夜，崇高的思想与最低劣的兽性俗念交织得那么紧密……可怕！

“我们在墓园不远处找到了出租马车。我们乘车到小猫咪母亲住的大街上后，打发走马车，顺着人行道走路过去。小猫咪一直不说话，我望着她却对自己发怒：‘你怎么还不开始行动？是时候啦！’走到离我的旅馆二十步远的地方，小猫咪停在一座路灯旁开始哭泣。

“‘尼古拉·阿纳斯塔谢奇！’她边哭边笑着说，并用她那湿漉漉、闪亮亮的眸子望着我的脸，‘我永远不会忘记您的情义……您真是太好了！你们全都这么杰出！诚实、慷慨、热心、聪明……啊，真是太好了！’

“她在我身上看到的是一个有知识并在各方面都进步的人，而在她泪湿又笑颜展开的脸庞上，浮现出我这个大人物在她内心激起的极度感动和喜乐，同时流露出悲痛，因为她鲜少看到像我这种人，上帝也没给她幸福的机会去嫁给这种人。她喃喃自语：‘啊，这真是太好了！’脸上浮现童年的欢乐，加上泪水、温婉的微笑、从头巾中滑落的柔软发丝，以及随意包覆在头上的那条头巾本身，这一切在路灯的照耀下，令我回想起从前的小猫咪，那个让人想要像摸小猫一样去抚她一抚……

“我忍不住开始去抚摩她的头发、肩膀和手……

“‘小猫咪，那你想要什么？’我喃喃道，‘你想要我跟你一起走到天涯海角吗？我会把你从这个坑里拉出来给你幸福的。我爱你……我的美人儿，我们走？要吗？好吗？’

“小猫咪脸上冒出困惑不解的表情。她从路灯那儿往后退，非常吃惊，张大眼睛瞪着我。我紧紧地抓住她的手臂，开始猛亲她的脸蛋、颈子、肩膀，不断发誓并给她承诺。在感情事上，誓言和承诺几乎是促成生理需求的两项要素，少了这些就搞不定。下次，尽管你知道自己在骗人，也知道承诺没必要，而你终究还是会发誓和承诺的。惊讶不已的小猫咪整个人慢慢倒退往后走，张大眼睛瞪着我……

“‘别这样！别这样！’她推开我的手嘟囔着。

“我紧紧抱住她。她突然歇斯底里地哭起来，她的脸上出现那种茫然、麻木的表情，一如之前在亭子里点火柴时所见到的一样……我没问她是否同意，也不让她有机会说话，强迫地将她拉到自己的旅馆里……她那时好像呆住无法走动，可是我仍抓着她的手几近抱起来拖走……我记得，我们走上楼梯的时候，有某个戴着红线圈帽子的身影惊讶地望着我，还对小猫咪点头致意……”

阿纳尼耶夫脸红起来，不再出声。他默默地在桌子旁走来走去，懊恼地搔着自己的后脑勺，好几次他背脊上流窜着冷意，因而抽搐地抖一抖肩膀和肩胛骨。他回想起这些事既羞耻又沉重，他内心交战着……

“真糟！”他喝着葡萄酒并晃晃头说，“听说，每次医学院的妇科绪论课堂上，都会建议学生，在脱掉女性患者的衣服进行触诊之前，要想一想他们自己每个人也都有母亲、姊妹、未婚妻……这个建议不只适合医学院学生，还适合所有在生活中与女人有接触的各式各样的人。现在当我拥有妻子女儿，啊，我才真正了解这个建议！真正领悟了，我的老天！然而，再听我说，接下来……小猫咪成了我的情妇后，她看事情的态度变得跟我不一样了。首先，她投入了深刻的情感在这场恋爱中，尽管那只是被我视作普通随性的调情说爱，对她来说却是生活上的重大转折。我记得，我那时候是觉得她疯了。她在生命中头一遭感到幸福，年轻了五岁似的，满脸都是赞叹和狂喜，幸福得不知道该如何是好，她一会儿笑一会儿哭，不停地说出梦想，像是明天我们去高加索游玩吧，秋天再从那里去彼得堡，或者之后的生活要怎么过……

“‘您别担心我丈夫！’她安抚我，‘他一定会跟我离婚。全城的人都清楚，他跟科斯托维奇家的大女儿私通同居。我跟他办好离婚后，我们就结婚。’

“女人一旦恋爱了，会像猫一样很快地调适习惯新接纳的人。小猫咪才在我房间里待了一个半小时，就已经让自己感觉是在家里一样，打理我的家当就像是自己的一样。她把我的东西整理好放到行李箱，轻轻责备我没有挂好新买的昂贵大衣，却把它像抹布似的乱丢在椅子上，诸如此类。

“我望着她，听到、感觉到的只是一股疲惫和懊恼。没想到一个规矩诚实且内心正难过的女人，可以在三四个钟头之间如此轻松地变成偶然相逢之人的情妇——想到这个使我感到有点嫌恶。对于这种事我也跟正常男人一样，您知道吗，是不喜欢的。之后，我还不愉快地想到，像小猫咪这样的女人都不深刻不认真，耽溺在日常俗事里，甚至把那种根本只是杂碎小事，比如像对男人的爱，也提升到幸福、苦难、生活大转折的崇高等级……而现在当我欲望满足后，我对自己做了傻事很懊恼，怎么会搞上一个不想骗却又不自主去骗的女人……还有，必须记住是我自己不守规矩在先哪，我现在反而不能忍受继续骗下去。

“我记得，小猫咪坐在我的双腿旁，她把头倚在我的膝盖上，用一双闪亮且充满爱意的眸子望着我问：

“‘古拉[1]，你爱我吗？很爱吗？很爱吗？’

“然后她幸福地笑了起来……这让我觉得她自作多情、太过甜腻、不聪明，这时候的我已经处在一种只想急于寻觅‘深刻思想’的心情里了。

“‘小猫咪，你最好现在回去吧，’我说，‘不然关心你的亲人发现你不见了会来找你的，会在城里到处找你。还有如果你大清

1　古拉，尼古拉的亲昵称呼。

早才到娘家去，也不太好吧……’

“小猫咪同意我的建议。我们约定好现在暂时道别，明天中午我跟她在城内花园碰面，后天我们一起出发去五峰城[1]。我记得送她到街上时，我还在路边温柔又真诚地爱抚她一阵子。有那么一瞬间，我突然感到一股无法抑制的怜惜，她是那么忘我地信任我，让我决定要带她一起去五峰城，但我想起自己皮箱里只有六百卢布，而且等到秋天再想跟她分手的话比现在更是难上加难了，于是我急忙压抑住这股怜惜。

“我们走到小猫咪娘家门前。我拉了门铃。门里传来脚步声，小猫咪忽然变得一脸严肃，望一眼天空，并且像对待小孩子那般替我匆匆画了好几次十字，然后抓起我的手摁在她的双唇上。

“‘明天见！’她说完便消失在门后。

“我穿越马路到对面的人行道上，从那里瞧一瞧她的娘家。窗户里头一开始还暗着，之后有一扇窗闪出蜡烛刚点燃的微微淡蓝色火苗，火旺了之后散发光芒，这时候我看到烛光映照出房与房之间移动的一些人影。

“‘他们没想到她会来！’我心里说。

“我回到旅馆房间，换下衣服，喝一点葡萄酒，配着白天在市集买来的新鲜上等鱼子酱，不慌不忙地躺上床，像观光客一样

1　五峰城（Pyatigorsk），位于俄罗斯北高加索地区的著名温泉疗养地，一八四一年俄国作家莱蒙托夫在此决斗身亡。

沉稳安然地入睡。

“早上我醒来时头痛，心情很糟。像是有什么东西烦扰着我。

“‘怎么一回事？’我自问，想为自己的不安找出借口，‘是什么让我不安？’

“我自以为这个不安是害怕使然，大概是怕小猫咪现在会临时来找我，想阻止我逃离，我又得在她面前哄骗、装腔作势一番。于是我迅速穿好衣服，整理好行李，退房出了旅馆，并吩咐服务生在晚上七点前把我的行李送到火车站。这一整天我都待在一个医生朋友那里，到了晚上我就乘车离开了这个城市。如你们所见，我的崇高思想没有阻止我干出这般下流的叛逃……

“当我坐在朋友家还没去火车站的那段时间，我一直被不安折磨着。我觉得自己害怕见到小猫咪，也怕闹出丑闻。到了火车站我故意躲在厕所里，等到月台第二声铃响，我溜进自己的车厢后，却有一种感觉掐着我——仿佛我全身从头到脚都披着偷来的东西。我是多么迫不及待又惶恐地等待着第三声铃响！

“这救命的第三声铃响终于传来，火车出发了；我们驶过监狱、兵营，开往田野上，而教我大吃一惊的是，不安的感觉一直还在我心里，我仍觉得自己是一个强烈地想要逃跑的小偷。这是什么怪事？为了要消散这种感觉和安抚自己，我开始看窗户外面。火车沿着海岸行走。碧绿的天空愉悦平静地俯映着平缓的海面，天空几乎有一半被晚霞涂成温柔的暗红金色。海上某些地方暗沉点缀着渔船和木筏。坐落在高耸岸边的城市看起来干净美丽，像玩具一样，已蒙上薄薄一层夜雾。教堂的金色圆顶、窗户和绿林受着落日余晖照映，燃烧着，渐渐消融，像黄金正在熔化……田野的气味与海里散发的温润潮气混合在一起。

“火车飞快奔驰。车厢内传来乘客与列车员的笑声。所有人都欢乐轻松，只有我内心不安的感觉直直高升……我望着披覆城市的轻盈雾气，我的想象浮现出——仿佛在这雾气中靠近教堂与房子那边，有个满脸茫然麻木的女人慌张地跑来跑去，用小女孩的音调或拉长声在找寻着我，像是乌克兰女演员那样，呻吟唱着：‘啊，我的老天，我的老天！’我回想起她昨天像是对亲人一样帮我画十字的时候，她那严肃的脸和忧心忡忡的大眼睛，我下意识地看了看我那只昨天被她亲吻过的手。

“‘我是恋爱了，还是怎么了？’我搔一搔手自问。

“当夜幕落下，乘客们睡了，剩下我一个人面对自己的良心，我才了解到早先我怎么都无法了解的事情。在车厢的幽暗中，我面前站着小猫咪的身影，不肯离开我，我才清楚认知到，我的恶行恶状完全无异于谋杀。良心折磨着我。为了要消减这种无可承受的感觉，我向自己保证，一切都是胡妄与虚幻，我和小猫咪终将死去腐化，她的悲伤跟死亡相比就不算什么了，诸如此类，等等。人终究是没有自由意志的，由此可见我没有错，但所有这些理由借口只惹恼了我而已，似乎飞快地被淹没在其他想法中。小猫咪亲吻我的那只手里，留有忧愁的感受……我一会儿躺着，一会儿起身去停靠的车站里喝点伏特加，强迫自己吃一些火腿面包片，一再向自己保证，生活没有意义，但这没什么帮助。在我的脑海里沸腾着奇怪的，要说是可笑的骚动也行。完全不相关的想法无序地一个迭一个，凌凌乱乱，相互混淆，而我像个思想家那样用额头盯着地面，但什么也搞不懂，在这一大堆有用无用的思潮中什么都无法了解清楚。显然，我这个思想家在思考技术上还不成气候，我不那么善于使用自己的头脑，就像我不会修理手表一样。我这辈子第一次竭尽心力地加强思考，这对我来说很稀奇，我在想'我疯了！'凡是平常不太动脑筋，只有在艰困时刻才动脑的人，才会出现觉得自己疯了的念头。

“我就这样疲惫地过了一夜一日，之后又一夜，当我确定我的想法无法帮上忙之后，我才有所领悟，终于明白我是个什么样的角色。我明白我的想法一文不值，在遇上小猫咪之前，我根本还没开始思索过呢，甚至连认真思考的概念都没有。现在饱经痛苦后，我明白我没有信念，没有恒定的道德信条，没有感性的心灵，没有理性的头脑，我智力与道德上所仅有的财富，不过是由零星片断的专业知识、无用的回忆及他人的思想所组成——我的精神活动简单不复杂，只拥有基本常识等级，像雅库特人[1]的那种程

1 雅库特人，居住于西伯利亚的突厥语族，现为俄罗斯联邦下的萨哈（雅库特）共和国人民。

度……假如我不爱说谎，不偷窃，不打闹，或完全不犯明显粗俗的错误，那么这也不是自己信念的缘故——因为我没有信念——而只是因为我双手双脚都被奶妈的童话故事和老套的劝善说教给绑住，尽管我认为这些说教是荒谬的，但它们已渗进我血肉里，不经意地引导着我生活……

“于是我明白我不是思想家，不是哲学家，而只是巧于玩弄思想的人。上帝给我一个健康强壮、天赋异禀的俄罗斯人头脑。这下您想想看，这个头脑在生命中的第二十六年，尚未被训练好，放荡不羁，没有装载任何思想，只稍微蒙上了一些工程领域知识的尘埃。这颗脑袋很年轻，生理上渴求着运作的机会，忽然在一个完全偶然的情况下，有一种声色动人的思想——生活本无益和死后徒黯然——从外面落入了这颗脑袋里。它贪婪地吸收这个思想，占满了自己的空间，开始在各方面玩弄这个思想，就像猫在玩弄小老鼠一样。这颗脑袋既不博学也没系统，但这不是问题。它以自学的态度用土法炼钢的蛮劲来克服渊博的思想，不出一个月，这颗脑袋瓜的主人便真能用一颗马铃薯料理出上百道美味的菜肴，且真的自以为是个思想家了……

“我们这一代人把这种玩弄、游戏的心态带到严肃思想里，也带到科学、文学、政治等各方领域中，只要那里他们不懒得去，他们就玩世不恭地把自己的冷漠、无趣、偏执带去，我还觉得，他们用这种闻所未闻的新态度去对待严肃思想，已经成功教育了大众。

“多亏了我的不幸下场，我最后弄明白也确定了自己的不正常又彻底无知。我现在觉得，我的思考能力是从我决定重新做人的那一刻，也就是说，当良知催赶着我重返家乡的那时候才开始正常起来，我老老实实地到小猫咪面前忏悔，像个小男孩似的在她跟前哀求原谅，最后同她哭成一团……”

阿纳尼耶夫简略地描述自己与小猫咪的最后一次会面，然后就陷入沉默。

“是啊……”当工程师说完，大学生吞吞吐吐从牙缝间挤出话语来，“这世界上竟有这样的事情！”

他的脸一如从前那副懒得动脑筋的模样，看起来阿纳尼耶夫的故事一点都没有感动他。工程师休息片刻后，准备再度大发议论重复那些他开头已经说过的东西，这时大学生才被激怒地皱起眉头，从桌旁站起来走回自己的床铺。他铺好床便开始换衣服。

“您现在这副表情，好像您真的说服了谁似的！”他带着怒意说。

“我说服了谁吗？”工程师问，“我的小可爱，难道我求的是这个？上帝保佑您！要说服您是不可能的！只有在您自己经历挫折的路上，您才会被说服！……”

“又来一套奇怪的逻辑！”大学生穿上睡衣喃喃道，“您所不爱的那些思想对年轻人是要命的，而对老先生而言您却说是正常的。好像关键是在白头发……哪儿来的这个老人特权？凭什么成立？如果说这些思想是毒药，那么毒药应该对所有人都有害。”

“唉，不是，我的小可爱，您别说了！”工程师说，滑头地用眼角使了个眼色，“别说了！第一，老人家不会匠气地玩弄思想。他们的悲观是发自内心，不是从外偶然而来的，是在他们钻研黑格尔和康德什么的、饱受苦难、犯一大堆错误之后，从自己脑海深处得知的，简单一句话，是当他们从下往上将要走完整座人生阶梯的时候才产生出来的。他们的悲观有个人经历与其他哲学思考脉络的背景。第二，老人家的悲观不像你我一样是没来由的，是由其人世间的痛楚和苦难造成的；他们的悲观有基督教的背景，因为是发自对人的爱、关怀人的念头，以及完全抛弃那种玩世不恭的人才有的自私自利。您看不起生活，是因为生活的意义和目的瞒盖的正只有您，您只担心自己个人的生死，真正的思想家则会忧心真理瞒盖世人，会为全天下人担忧。例如，离这里没多远住着一位公家的林务员伊凡·亚历山德里奇。那么好的一位老先生。他不晓得什么时候曾在某处当老师，偶尔写些东西，鬼才知道他是什么来历，但他真是绝顶聪明，对哲学很有一套。他读过很多书，现在仍持续读。对了，好像我们不久前才在格鲁索夫斯基路段见过他嘛……那里刚好在铺枕木与铁轨。这件工作不复杂，可是对伊凡·亚历山德里奇这个外行人来说，就好像是变戏法一样。把枕木铺好并把铁轨固定上，有经验的师傅不到一分钟就可以做好。那时候工人心情好，做事快又准。特别有一个粗人干起活来异常敏捷，只要挥击一次大铁锤就能把钉子给敲进去，看看铁锤把柄几乎快要有一丈那么长，每根钉子有一英尺长。伊凡·亚历山德里奇久久望着那些工人，深受感动，含着泪水对我说：'真是可惜，这些优秀的人都难免一死！'他如此悲观我是可以体会的……"

"这一切都无法证明什么，也无法解释什么，"大学生盖好被单说，"这一切只是像把水放在臼里磨一样，白忙一场！没人能明白什么，任何事都无法用言语证明。"

他从被单下探头瞧一眼，不悦地皱眉并略微抬起头很快地说：

"只有非常天真的人才会相信，才会认为人类的语言和逻辑有重大的意义。语言可以用来证明一切，也可以用来驳斥一切所能想到的，很快人们会达到那种语言技巧，达到数学般精准的程度来证明二乘以二等于七。我爱听也爱读故事，但要我相信，十分感谢，我可不会也不想。我相信只有一个神，而您尽管告诉我基督二度降临这种永远不可能的事，或者再去诱骗五百个小猫咪，除非我疯了才会相信……晚安！"

大学生把头埋在被子里，脸转向墙壁，他希望这个动作能让人了解他已经不想听也不想说了。争论就到此为止。

睡觉前，我和工程师还到工寮外面待了一会儿，我再次看到了那些灯火。

“我们的胡扯让您很疲惫吧！”阿纳尼耶夫打着哈欠望着天空说，“唉，也没办法，老兄！喝点葡萄酒高谈阔论，只是在这种无聊中找点乐子……真是好一个路堤，主啊！”我们爬上路堤，他深深感动，“这简直不是路堤，而是一整座阿拉拉特山[1]啊。”

他稍微沉默一下又说：

“这些灯火让男爵想起了亚玛力人，但我觉得它们反而像人类的思想……知道吧，每个人的思想也是像眼前这般景象散去在无序中，沿着一条线延伸到不知何处的目的地，在那阴暗之中什么也没照亮，黑夜也没清朗，思想往往就消逝在那里的某处——就是老年之后的远方……哎呀，哲学问题讲得够多了！该要去睡觉了……”

当我们回到工寮，工程师坚持要我同意去睡他的床铺。

“嘿，请吧！”他把双手按在胸膛上诚恳地说，“请您别客气！您不要担心我。我任何地方都能睡，而且我还不会马上睡……拜托您吧！”

于是我同意了，我换装后躺上床，他则坐在桌前埋头画图。

“老兄啊，我们这种人可没时间睡觉，”当我躺着闭上眼睛时

1　阿拉拉特山（Ararat），原属亚美尼亚，现位于土耳其境内，一直被视为亚美尼亚人的圣山和象征；《圣经·旧约》“创世记”第八章记载此山是诺亚方舟的停靠处（但现今考据有争议）。

他轻声说，“有老婆有两个小孩的人是没法睡的。不仅现在得供养他们衣食，还要存够钱给未来用。我就是有两个小孩：一个儿子和一个女儿……我那个调皮鬼小男生的脸蛋可真漂亮……还不到六岁，我跟您说，他已经有超乎寻常的本事……以前我这边好像有一些他们的照片……啊，我的小孩子，小孩子！”

他在纸堆中摸索寻找，后来找到了一些照片就自顾自地看呀看。我那时候已经睡着了。

我被阿索尔卡的叫声和一阵喧闹的说话声给吵醒了。冯·史腾堡穿着一件内衣，赤脚，披头散发，站在门槛上不知道在跟谁大声说着话。天亮了……阴郁的蓝色晨曦映照着门板、窗户及工寮墙隙，微微照亮了我的床铺以及摆了一堆纸的桌子，也照亮了阿纳尼耶夫。工程师打直身子睡在地板的毛毡斗篷上，鼓着他那厚实多毛的胸膛，脑袋下面靠着皮枕头，他的鼾声大到让我打心底同情起每晚得跟他一起睡觉的大学生。

“到底为什么我们要收下？”冯·史腾堡大喊，“这东西跟我们无关！你去找工程师查理索夫吧！哪儿来的这些锅子？”

“是尼基钦那里来的……”某个听来很愁苦的低音回答。

“唉，那你就该去找查理索夫啊……这不是我们路段的东西。你搞什么鬼还站在这里？去吧！”

“长官，我们已经去过查理索夫先生那里了！”那个低音更愁苦地说，“昨天一整天都在沿线找他们，他们工寮里的人告诉我们，说他们跑去迪姆科夫斯基路段了。请行行好，收下吧！不然我们到底要载这些货到什么时候？沿着铁路线运来运去，没完没了……”

“那里在干吗？”阿纳尼耶夫醒过来，马上抬起头声音嘶哑地问。

“尼基钦找人运来一批锅子，”大学生说，“要我们收下。但我们何必要收下这些东西？”

“把他们撵出去！”

“行行好，长官，请让我们办好这事情吧！马匹两天没吃东西了，马主人恐怕会气死。难道要我们再运回去吗？既然是铁路工程单位订的锅子，那么你们都是一个单位就该收下……”

“你要搞清楚，笨蛋，这不是我们的事情，去找查理索夫！”

“这是干什么？谁在那里？”阿纳尼耶夫又再嘶哑地说，“叫他们去见鬼吧！”他站起身往门外走去，口中大骂，“这是干什么？”

我穿上衣服，没两分钟也走出工寮。阿纳尼耶夫和大学生两人穿着内衣，打赤脚，对一个乡下人激动又不耐烦地解释着什么，乡下人站在他们面前，没戴帽子，手里拿着马鞭，看样子他没法了解他们的话。两人脸上都露出对日常琐事的烦恼。

“我要拿你这些锅子干吗？”阿纳尼耶夫大喊，“难道要我把它们戴到自己头上，是吗？如果你找不到查理索夫，那就去找他的助手，让我们清静一下吧！”

大学生看到我，大概想起了昨晚的对话，刚刚的烦恼便消失在他的睡脸上，又浮现出一副懒得思考的模样。他挥了挥手驱赶那个乡下人，心里想到了什么事情退到一旁去。

早晨天色阴郁。昨夜亮着灯火的铁路沿线，现在只蠕动着醒来的工人。传来一些声响和独轮手推车的嘎吱声。一个工作日开始了。一匹套上绳子和马具的小马已经慢吞吞地往路堤上走去，尽全力伸长脖子拉着身上装载泥沙的拖车……

我开始道别……昨晚听到很多故事，但到我临走时连一个问题也没解决，所有的对话好似经过了一层筛子，留在我现在早晨记忆中的，只剩下灯火和小猫咪的形象。坐上马后，我朝大学生与阿纳尼耶夫望最后一眼，也朝歇斯底里的狗看一眼，它的眼睛混浊得像喝醉酒似的，还看了看隐隐闪现在晨雾中的工人们、路堤、伸长脖子的小马，我心里想：“在这个世界上没有什么能搞清楚的！”

我抽了马奔驰在铁路沿线，稍过一会儿，面前只看到无边无际的沉郁平原、阴霾冷淡的天空，使我想起昨晚谈论的问题。我心里还在思索，而被太阳晒枯了的平原、壮阔的天空、远方变暗的橡树林和雾蒙蒙的远方，这一切却仿佛在对我说：“对，在这个世界上没有什么能弄明白的！”

太阳开始上升了……

导读
契诃夫的爱情与反叛

在台湾，契诃夫的名字与他的戏剧作品《海鸥》《万尼亚舅舅》《三姐妹》和《樱桃园》紧紧相连，借由这几部作品我们认识契诃夫，爱上他构筑的舞台世界。然而，契诃夫不只是剧作家，他还是写短篇故事的高手，《一个文官之死》《变色龙》《胖子和瘦子》《忧愁》《套中人》《醋栗》是他耳熟能详的短篇作品。然而，契诃夫也写中篇小说——《第六病房》，内容是讽刺沙皇政府统治之下的俄国像个恐怖的精神病院，这部作品让契诃夫成为批判写实主义作家。

以上所提都还是我们熟悉的契诃夫，是关怀小人物和弱势阶级的人道主义者契诃夫，是讨厌庸俗和无作为知识分子的契诃夫。然而，有一面的契诃夫我们始终陌生，它隐秘、低调，却更让人想一窥究竟，那是谈爱情，也谈情欲的契诃夫。

爱情这个主题萦绕在他心里多年，在《带阁楼的房子》《跳来跳去的女人》《吻》等多篇故事里，契诃夫写下他观察爱情的心得，他曾经想以“我朋友的故事”为名，写一本周遭人物的爱情故事集，可惜没有完成，但是“关于爱情”的故事仍旧散见在他的作品里，时隐时现，所以，最后才有了那篇《带小狗的女士》的诞生，才有了纳博科夫的赞叹：“世界文学史上最伟大的短篇小说之一。”

事实上，契诃夫为了成就这篇纳博科夫所说的伟大作品，中间还经历一番曲折。契诃夫写这篇故事的时间是在一八九九年的九月到十月间，在这之前将近九个月的时间里他没有任何创作，只是在准备作品全集的出版，他反复观看自己的文章，考虑要将哪篇和哪篇收入，在看到《灯火》这篇一八八八年的作品时，他停了下来，思索着，然后将它抽出，重新改写，最后一万多字的短篇小说《带小狗的女士》产生了，而中篇小说《灯火》则消失在他的自选全集里。所以，从某方面来说，其实是《灯火》催生了《带小狗的女士》，只是这当中已经相隔十一年之久。这段时间不算短，足够将青春的爱恋销蚀成衰老的怨怼，但是可爱如契诃夫，温柔如契诃夫，他却在生命的晚期写下这一篇纯粹的爱情絮语，内敛、含蓄、精练，却是无坚不摧。

要怎么描述《带小狗的女士》呢？是说一个男人爱上了一个女人，而且爱得既深且久……这样讲也没错，但有一个前提，即它是一段出轨的恋情，偷情和背叛就是这篇故事的主题，是在这样的背景下男女主角爱得认真，爱到无法自拔。从这个角度观之，

《带小狗的女士》其实是一篇挑战世俗道德观的小说，而很多线索显示，契诃夫从一开始也就不在乎道德与禁忌，从男女主角的安排就可见端倪。

简单说这是风流熟男与新婚少妇的组合，这种组合除外遇和偷情外，难有其他关系。先说女主角，小说以《带小狗的女士》为名，而且故事一开头就以“听说，滨海道上来了个新面孔”营造出万众瞩目的期待效果，跟着女主角安娜出场了：身材不高，戴贝雷帽，金色头发，牵着一只白色博美狗。就人物形象来看，安娜其实并不出色，甚至有些平凡，与开头的声势相比，有相当程度的落差，不过契诃夫本人似乎很喜欢，他让女主角一直戴着贝雷帽、牵着狗到处散步，据说，那和作家本人的形象颇为相近。至于男主角古罗夫，契诃夫对他的外貌没有太多着墨，只说他对女人很有吸引力，外遇无数，由此猜得相貌不会太差。最重要一点是，小说的叙事观点是以古罗夫的角度来开展的，因此他的心境和感受才是描述的中心；女主角安娜大多处于被观察的位置，以朴实、羞涩和真诚的心打动古罗夫，并让他一尝真爱的滋味。看起来，这像是一则浪子回头的故事，只不过他回归的并不是家庭，而是真爱的怀抱，然而这样的选择对当时的卫道人士来说，怎么样都不算正确。

接下来谈谈契诃夫选中的故事场景——雅尔塔。这是著名的度假疗养胜地，有钱有闲却不想出国的俄国贵族大多选择该地作为休憩场所，有事没事度个假就是身份和地位的表征，边度假边偷情也算一种疗养，时候一到挥挥衣袖，无牵无挂返回两京——莫斯科和彼得堡，此后不会与偷情对象相遇，这是来雅尔塔寻欢的不成文规定。说起来，南方风景胜地在俄国小说里总是浪漫的象征，温暖的阳光、无边的海浪，加上绘声绘影的风流传闻推波助澜，轻易就让爱装模作样的北方人卸下面具，露出渴望激情的本性，雅尔塔就是这一种心理的投射对象，再精确一点说，是朦胧情欲的象征。契诃夫明了这种心理，所以他假男主角古罗夫之口说："这里的男人跟着她，盯着她，跟她搭讪，心里只怀着一个秘而不宣的企图——她不可能猜不到。"

寻找情欲的出口是到此度假的男女"秘而不宣"的目的，而既是偷情就得隐秘进行，以凸显突破禁忌的欢愉，对此契诃夫的描写极为高明，他谈雅尔塔，却不说风景，只说"啊，无聊！唉，灰尘！"——就这么一句，仿佛不着边际，却又直抵核心，雅尔塔因此笼罩在一股特别的氛围中，风吹沙扬，无所事事的人们表面无所事事，心里却期待有事情发生。的确，正是这风、这灰尘、这无聊，给了人们用偷情排解烦闷的借口，契诃夫可真是看透了人心。

偷情既是心照不宣，所以发生在雅尔塔的事物多带有隐喻的意味，从传闻、风沙，到无聊，每一个小细节看似无关，实际上却是前后相连。就说那颗偷情房间里的西瓜吧，它像天外飞来一般，出现在男女主角第一次发生关系后的房间桌上，你说它有点“突兀”，却又是说不出的“适切”，很可能它早摆在那里，但直到偷情结束以后，契诃夫才让读者发现到它，关于这点，我们只能想象。然后西瓜被切了开来，古罗夫拿起一片慢慢吃着，没有说话。这就是全部关于西瓜的描述，与故事情节没有任何关联，却精准地呈现出一个男人，而且是惯性外遇的男人在偷情之后“船过水无痕”的轻松态度，与女主角失措的举止相对照，西瓜的作用于是不言而喻。此外，被切了开来的西瓜不自觉引发联想——暗喻情欲发展的结果。如果说契诃夫是善用小细节营造多层次联想的高手，那么这一颗西瓜绝对堪称经典。

面对小说里的偷情，契诃夫没有责备，他让男女主角沉浸在爱欲的欢愉中，享受雅尔塔带给人的美好，这一点他不像托尔斯泰，严厉批评自己的女主角安娜·卡列尼娜的出轨行为。没有对耽溺情欲的男女给予道德谴责，契诃夫的态度颇引人质疑，同样地，在处理流言的态度上契诃夫也很开放，小说里提到在男女主角某次出游时，“警卫……向他们瞧一眼便离去”，此处的“一眼”意味深长，代表当地人对偷情之事见怪不怪。契诃夫甚至调侃了一下托尔斯泰，说古罗夫对那“一眼”感觉“神秘而美好”，完全不介意那“一眼”可能是流言蜚语产生的源头，更可能在日后毁了他的家庭（此处不妨和《安娜·卡列尼娜》做对照）。

相对于南方雅尔塔是在梦境的氛围中感受真实的情欲，那么北方莫斯科显现的就是在现实生活里时间如流水般逝去。古罗夫不讨厌莫斯科，那里的生活紧凑而有趣，日复一日，只要不去回想雅尔塔就好……然而回忆是自己找上门的，雅尔塔的风景、安娜的身影如影随形地跟着他，仿佛她才是他的家人。古罗夫此时并没有意识到自己耽溺在幻想中，直到他打算和旁人提起雅尔塔的恋情时，却被一句“那鲟鱼是有点怪味！”的回话给激怒，至此才意识到现实生活的乏味，也才感到那位“带小狗的女士”和他之间的关系不只是在床上，小说行文至此，古罗夫才算踏入了爱情的园地。

性的关系可能是一时冲动，但是谈爱情却不能不用心，所以契诃夫安排古罗夫离开莫斯科，前往S城找安娜，然后男女主角在剧院重逢，安娜没有预期会见到古罗夫，因而大惊失色，又担心旁人察觉两人关系不寻常，于是起身，往走廊楼梯走去，古罗夫随即跟上，就这样两人一前一后，没有交谈或是互动，只是在楼梯间上上下下……这一段的文字极为压缩，焦点集中在动作的描写上，但明眼人看得出，所谓“茫然地走着，沿着走廊楼梯上上下下”一句隐含的复杂心理：极度慌乱又压抑的情感得借机械性的动作来宣泄。作者一连几次提到安娜饱受惊吓，激荡的情绪迫使她不断上下楼梯，而这也是她唯一一次在男女关系中主导局势的场景，男主角只是无语地跟在女方身后，不断揣测她的心理，确定她爱他时才搂住她，亲吻她，然后安娜承诺古罗夫，说她会去莫斯科找他，为之后漫长的出轨做出了关键性的决定，也结束了这一节故事。综观全篇，从古罗夫动身去找安娜，到安娜从惊骇中回神而接受古罗夫的爱，此处是情感起伏最剧烈的一幕，所以纳博科夫才会说这是小说里“没有高潮中的高潮”。

剧院重逢之后，古罗夫与安娜便过起偷情男女必有的“双重生活”，表面上男已婚，女已嫁，各自拥有家庭，毫不相干，但私下两人却不断密会。某次古罗夫去找“情妇”安娜，顺道送女儿上学，他看着天上掉落的雪块有感而发：“这个温度（零上三度）只是在地表上的，在大气表层上又是另外一种温度。”女儿以为父亲在讲自然科学，不明白他其实意有所指——指自己的偷情生活，他甚至以此为例，认为所有人的生活都藏有不能公开的一面，很难不联想到这是契诃夫假古罗夫之言发表自己的看法，同样又是没有谴责，甚至还说这种秘密生活“就像在黑夜的帷幔下过着一种真实又有趣的生活”。这一段近乎背德之语在契诃夫谈来却是异常轻松，还特别语带讽刺地强调，无怪乎“文化人才这么紧张兮兮地请求尊重个人隐私”，令人忍不住莞尔。

《带小狗的女士》其实是一篇契诃夫的爱情神话，他竭尽所能地不让古罗夫和安娜对彼此厌倦，以及对无法公开的偷情生活感到疲乏，而这在契诃夫的小说里并不寻常，或许是因为作家太珍惜真爱了，就像他在小说里不厌其烦地强调古罗夫是真正爱上了安娜，两人是真心相爱，看在爱情的分上，荒谬的婚姻制度也好，痛苦的偷情生活也好，都值得他为这样的爱情深深刻画。

契诃夫独特的爱情观让这篇故事成为俄国经典小说里的特例，而这或许可以视作契诃夫对俄国文学传统的反叛：他让男女主角偷情，偷得理直气壮，背叛了普希金在《奥涅金》里要求妻子得对丈夫忠贞的誓言；他让男女主角先上床再谈感情，嘲讽了屠格涅夫小说里虚幻不实的爱情；他让古罗夫和安娜一直相爱，无视流言与否，反击了《安娜·卡列尼娜》里流言对爱情的杀伤力。从各个层面看，《带小狗的女士》都是一部背叛传统的小说，从形式、内容到精神全都背叛。至于契诃夫本人如何处理这样的背叛？他的处理很妙，仿佛没有处理一样，就像故事末尾说："解决之道便会找到，到那时候将有一种崭新的美好生活……"这就是结局，没有结论的结局，可以说是"开放式结局"，不能说契诃夫没有处理，可能契诃夫已经思索过千万种的结局，最后他选择如此，这也显示出他的慎重，这一路下来他总是十分呵护自己的男女主角，让他们在历经风霜之后依旧相爱，或许也是该放手的时候，让他们自己面对难关，携手走向未来。

台湾大学外文系副教授

熊宗慧

译后记
初译契诃夫

这本书初版时没有译后记，当时的我想凭一己之力开出版社，就是“樱桃园文化”，现在想来是有点任性，而也多亏了这份任性，让我投入这份自己感兴趣的工作，多年来内心颇为踏实。《带小狗的女士》是创社作，初版时举办了一场盛大的新书发表会——“契诃夫我愿为你朗读”，那时我一人身兼数职，从社长、译者、编辑到活动企划，加上大大小小的体力活，出版前兵荒马乱，竟忘了写译后记，因此现在来补上一篇。

这篇迟来的译后记重点在回顾自己的“最初译作”，其间跨度有十多年，这是一件特别的事，尤其重新细读时心里免不了有一种忧喜参半的刺激感，担忧是怕看到重大错误，欢喜是沉浸于首部契诃夫译作时的自恋。

重新检视最初的译本，我看到字里行间有非常多的热情，比如，译注中有一些过多的诠释，再版时我觉得应该要收敛一点，或许比较符合契诃夫的气味；看到翻译体例掌握略有不足，像地名等译名系统策略应该更坚定才好；看到语气词的应用不够成熟，应该可以把人物的语气态度表现得再细腻一些。

如果说看到什么优点的话，首先，大概是当时我就想到风格这件事，在某些细微处的坚持至今仍觉得是好的，如书名《带小狗的女士》，充分反映了俄文书名“Дама с собачкой”每一个词的本质、寓意以及脉络；旧译本常用的是《带小狗的女人》或《带狗的女人》，看似一两字之差，但文学作品中狗与小狗、女人与女士都是不同的人物形象，会给读者不同的想象，哪怕细微，也不得不慎。文学翻译的第一步若踏得不精准，之后的风格有可能会越走越偏。

再者，契诃夫挂在嘴边的简洁、日常生活，我当初翻译时确实放在了心上，在中文修辞上，从词语到整体文章的风格尽可能贴近作者的简洁风格，避免使用带典故的成语，或形象与原文歧异的惯用语，比如，原文是“一片寂静”，就不译为“鸦雀无声”，原文是“说悄悄话”，就不译为“咬耳朵”，诸如此类，因为这种赋予过多形象的翻译方式极可能在不经意之间便毁了原作风格。

还有就是，当时我有意识地在译文中不刻意省略俄国文化该保留的元素，比如，《带小狗的女士》的女主角安娜·谢尔盖耶夫娜，原文是名与父名连用，偶有读者对我说俄国人名太长不好读，劝我翻译时省略父名或简缩字词，然而，这里的女主角中译名不该也不能省略父名，原因至少有三个，但对我来说最要紧的是，安娜·谢尔盖耶夫娜读起来的“声响效果”会令我莫名地联想到托尔斯泰的安娜·卡列尼娜。事实上，《带小狗的女士》与《安娜·卡列尼娜》的主情节相仿，契诃夫似乎也有意以此作与托尔斯泰对话。

另外，除了以上的自我省视，初版中有一些“现在的我”觉得不够成熟的笔触，在第二版中保留了下来，或许，我想让自己记得“当时的我”的样子。

最后，我想谈一下译本的书面诠释与表演诠释之间的互动。《带小狗的女士》初版新书发表会是以朗读会形式呈现的，邀请了台湾各年龄层的创作者来朗读契诃夫，包括年长一辈的作家黄春明，还有年轻世代作家童伟格、夏夏，以及演员柯奂如、黄冠熹，加上剧作评论、策展人耿一伟带领的一批台北艺术大学戏剧系学生洪仪庭、王又禾、朱安如、刘郁岑、李洁欣。这些各有专长的人聚集在同一个舞台上，以朗读、弹唱、戏剧表演等不同的形式，来诠释同一个文本——契诃夫的创作，他们的言语、表情、肢体动作、形塑的气氛，甚至由此引出的观众眼神，都可能成为诠释契诃夫的一个个独特的观点。看过他们的表演后，我更能够感受契诃夫描绘人物心理的细腻变化，这影响了我的翻译工作方式，比如，我现在翻译之后会朗读给自己听。在此感谢朗读会的每一位参与者，他们舞台上的诠释留给我的印象，是我日后翻译契诃夫的重要养分。

丘光

契诃夫年表

编写 / 丘光

一八六〇年

俄历一月十七日（公历二十九日）安东·帕夫罗维奇·契诃夫（Антон Павлович Чехов）生于亚述海滨的塔干罗格市的商人家庭。

一八六七年

进入希腊教区学校预备班。

一八六八年

转学至塔干罗格古典中学预备班。

一八六九年

进入塔干罗格古典中学。

一八七六年

经营杂货店的父亲破产，全家迁至莫斯科，只留下安东·契诃夫在塔干罗格。

一八七七年

复活节假期第一次去莫斯科探亲。安东·契诃夫开始把自己的作品寄给大哥亚历山大投稿给杂志。

一八七九年

自塔干罗格古典中学毕业，前往莫斯科，进入莫斯科大学医学系。

一八八〇年

开始在《蜻蜓》杂志发表作品。

一八八一年

开始用各种笔名在多家幽默杂志大量发表作品。

一八八二年

准备出版原本应是第一部作品集的《玩闹》，由二哥尼古拉作插画，但后来未通过文字检查而未能出版。

一八八三年

发表《胖子与瘦子》，成为早期作品的经典代表之一。

一八八四年

自莫斯科大学毕业。出版第一本作品选集。短暂在地区医院行医。十二月，第一次咯血。

一八八五年

开始在《彼得堡报》发表作品。十二月，首次前往彼得堡。

一八八六年

开始在《新时代》发表作品，首次以本名发表。在《蟋蟀》杂志发表《小玩笑》，这个最初的版本以喜剧结尾，迥异于后来流通的版本。

一八八七年

前往塔干罗格等地旅行。十二月，《伊凡诺夫》在莫斯科科尔沙剧院首演。开始尝试长篇小说。在《新时代》杂志发表《薇罗琪卡》，此篇被托尔斯泰认为是契诃夫的最佳小说之一。

一八八八年

独幕嬉闹剧《熊》在莫斯科科尔沙剧院上演。前往克里米亚、高加索、乌克兰旅行。十月，作品选集《在幽暗中》获得科学院的普希金奖（与他人同获）。发表中篇小说《灯火》，饱受批评，此作后来被契诃夫从自选全集中删除，但从此作改写成另一篇经典的《带小狗的女士》。

一八八九年

《伊凡诺夫》在彼得堡亚历山大剧院首演。入选为俄国剧作家委员会成员。六月，二哥尼古拉逝世。前往敖德萨、雅尔塔、费奥多西亚旅行。《林妖》在莫斯科首演。为萨哈林岛（库页岛）之行做行前准备。

一八九〇年

研究西伯利亚与远东的资料。四月二十一日出发前往萨哈林岛，花两个半月穿越西伯利亚，七月十一日抵达萨哈林岛。在《新时代》发表旅行随笔。十月十三日离开萨哈林岛，搭船南行经锡兰等地，再过苏伊士运河抵达黑海的敖德萨，十二月八日返回莫斯科。

一八九一年

为萨哈林岛学校募集图书。三月，出国前往维也纳、威尼斯、佛罗伦萨、罗马、那不勒斯、蒙特卡洛、巴黎。五月，返回莫斯科。为萨哈林岛之行动笔写作。发表《决斗》。组织救援穷困公益活动。

一八九二年

三月，迁居至梅利霍沃。发表《跳来跳去的女人》，此作被好友画家列维坦认为影射他而关系破裂。在梅利霍沃组织霍乱医疗区，包括二十五个村子、四家工厂和一家修道院。在自家开门诊服务村民。发表《第六病房》。

一八九三年

暴发新一波霍乱疫情，投入医疗工作。发表《萨哈林岛》。

一八九四年

发表《女人的王国》。健康恶化，前往克里米亚度假。九月，出国至特里亚斯德、威尼斯、米兰、热内亚、柏林、巴黎等地。十月，返回俄国。入选为莫斯科区法院陪审员。

一八九五年

出版《萨哈林岛》单行本。八月，前往土拉省的晴园首次拜访托尔斯泰。《海鸥》第一个版本将近完成。

一八九六年

开设小学。发表《带阁楼的房子》。十月,《海鸥》在彼得堡亚历山大剧院首演遭受挫败。

一八九七年

参与人口普查工作。继续在乡下兴建小学。肺结核病情急遽恶化住院，托尔斯泰来探病。九月，出国至巴黎、尼斯等地。关注法国的“德雷弗斯冤狱案”（Affaire Dreyfus）。

一八九八年

继续待在尼斯关注“德雷弗斯冤狱案”。涅米罗维奇-丹钦柯告知契诃夫将设立莫斯科艺术剧院，请求允许演出《海鸥》。五月,返回俄国。发表《套中人》《醋栗》《关于爱情》《姚内奇》。九月，参与莫斯科艺术剧院的《海鸥》排练，认识未来的妻子欧莉嘉·克妮珀；之后前往雅尔塔。十月，父亲逝世。在雅尔塔兴建别墅，参与雅尔塔社交生活。开始与高尔基通信。十二月，莫斯科艺术剧院版的《海鸥》首演，大获成功。

一八九九年

卖出自己所有作品的版权给出版商A.马克斯。投入自选作品全集选编工作。与作家高尔基、库普林、布宁会面。准备迁居至雅尔塔。《万尼亚舅舅》在莫斯科艺术剧院首演。自选作品全集第一册出版。发表《带小狗的女士》。

一九〇〇年

一月，获选科学院文学院士。发表中篇小说《在峡谷中》。与高尔基、画家瓦斯涅佐夫等友人同游高加索。七月，克妮珀到雅尔塔拜访契诃夫家人。十二月，前往尼斯，完成《三姊妹》。

一九〇一年

从尼斯到意大利旅行。《三姊妹》在莫斯科艺术剧院首演。二月，返回雅尔塔。五月，到莫斯科与克妮珀结婚，随后在国内旅行。十月，返回雅尔塔，与托尔斯泰会面。

一九〇二年

沿伏尔加河流域旅行。开始写作《樱桃园》。八月，为了高尔基的科学院院士头衔因政治因素被取消，契诃夫宣布放弃科学院院士头衔以表抗议。

一九〇三年

完成最后一篇小说《未婚妻》。十月，寄出《樱桃园》完稿给莫斯科艺术剧院。十二月，前往莫斯科参加《樱桃园》排练。

一九〇四年

一月,《樱桃园》在莫斯科艺术剧院首演，身体状况不佳的契诃夫仍应邀参加庆祝会。胸膜炎导致病情恶化。六月，与妻子前往德国养病。七月二日（公历十五日），病逝于德国的巴登维勒，一周后遗体安葬在莫斯科的新少女修道院墓园。

Дама с собачкой

by А. П. Чехов

图书在版编目（CIP）数据

带小狗的女士 / (俄罗斯) 契诃夫著 ; 丘光译 . --
贵阳 : 贵州人民出版社 , 2024.8 (2025.6 重印)
(俄罗斯文学金色经典)
ISBN 978-7-221-17663-9

I. ①带… II . ①契… ②丘… III. ①短篇小说－小说集－俄罗斯－近代 IV. ①I512.44

中国国家版本馆 CIP 数据核字 (2023) 第 082937 号

带小狗的女士
DAI XIAOGOU DE NÜSHI

[俄罗斯] 契诃夫 / 著
丘光 / 译

出 版 人　朱文迅
选题策划　联合天际·文艺生活工作室
责任编辑　黄　伟
特约编辑　徐立子
美术编辑　梁全新
封面设计　@broussaille 私制

出　　版　贵州出版集团　贵州人民出版社
发　　行　未读（天津）文化传媒有限公司
地　　址　贵州省贵阳市观山湖区会展东路 SOHO 公寓 A 座
邮　　编　550081
电　　话　0851-86820345
网　　址　http: //www.gzpg.com.cn
印　　刷　北京联兴盛业印刷股份有限公司
经　　销　新华书店
开　　本　889 毫米 ×1194 毫米　1/32
印　　张　6.5
字　　数　128 千字
版　　次　2024 年 8 月第 1 版
印　　次　2025 年 6 月第 3 次印刷
书　　号　ISBN 978-7-221-17663-9
定　　价　62.00 元

关注未读好书

客服咨询

本书若有质量问题，请与本公司图书销售中心联系调换
电话：(010) 52435752